まどかは溜め息をこぼして打ち明けた。
「……死ぬまで黙っているつもりだったんだ。
弟でもなく、家族でもなく、
怜一のことが好きなんだって気持ちをさ…」

きみは可愛い王子様 若旦那の恋のお作法

花川戸菖蒲

LiLiK Label
大誠社リリ文庫

本作品はフィクションです。
実在の人物・団体・事件などには一切関係ありません。

Contents

きみは可愛い王子様 若旦那の恋のお作法 ... 05

あとがき ... 292

イラスト／一夜人見

子供の頃、蔵の中は遊園地よりも楽しい場所だった。

なんでも知っていて優しい、七歳年上のお兄ちゃんと手を繋ぎ、質預かりの品を収めに行く父親のあとをついて蔵に入る。五歳になったばかりの怜一《れいいち》の目はたちまち輝いた。

「お兄ちゃん、猫。猫」

「うん、猫が寝ているね。あ、さわったら駄目だよ、怜くん、見るだけ」

七宝焼《しっぽうやき》で描かれた、丸くなって眠る猫の画だ。お兄ちゃん……、まどかに注意をされて、伸ばした手を引っこめた怜一だが、ゆっくりと目を開けた猫が、怜一を遊びに誘うように尻尾を振るので、さわりたくてたまらない。怜一はまどかを見上げてお願い口調で言った。

「尻尾も駄目？　怜くんにおいでおいでしてるよ？」

「……それは怜くんを呼んでるんじゃないよ、眠いから静かにしてって言ってるんだよ」

「お昼寝？　怜くんが起こした？」

「そうかもしれないね。猫、怜くんのこと、見てる？　おめめは何色……？」

「黄色。お耳はさわってもいい？」

「お耳も駄目。蔵にあるものはさわったら駄目って、パパに言われているだろう？　お約束を守れないなら、もう蔵には入れてあげない」

「いやっ。怜くん蔵が好きっ。さわらない、さわらないからぁっ、怜くんは見るだけだからぁっ」

「そうそう、見るだけ。いい子だね、怜くんは。だから静かにして、ね？」

優しく怜一に言って聞かせ、まどかは小さな溜め息をついた。怜一を蔵に入れるのは今日で三回目だ。初めて怜一を蔵に入れた時から、おかしな言動をした。李朝《りちょう》の絵皿に描かれた唐子《からこ》に手を振ってニコニコしたり、能面に向かって、お兄ちゃんは怜くんのお兄ちゃんだからあげないの、と言って泣きだしたり。子供には見えるアレだろうか、と思ったまどかは、怜一の言動を叱ったり否定したりはせず、このことはお兄ちゃんと怜くんだけの秘密だよ、と言って聞かせたのだ。

「パパもママもお友達も、絵が動いたり、お面が喋《しゃべ》ったり、そういうのは見えないんだ。だから人じゃないものが動いたり喋ったりしても、内緒にしておくんだよ？　いいね？」

「うん。いつも動かないよ、お兄ちゃんがいる時に動くの」

「そうなの？　お兄ちゃんがいる時だけ？」

「うん。お兄ちゃんがいない時は、あんまり動かない」

「そうなのか……」

それはどうしてだろうとまどかは不思議に思ったが、とりあえずは両親の前や幼稚園ではおかしなことを言っていないはずだと思って安堵《あんど》した。しゃがんで、怜一と視線の高さを合わせてまどかは言った。

「怜くんとお兄ちゃんだけの秘密ね。パパにもママにも内緒だよ？」

「秘密っ」

　怜一は目を輝かせた。秘密が大好きな年頃ということもあるし、大好きなお兄ちゃんを秘密の共有という形で独り占めできるしで、怜一はまどかの提案に大きくうなずいた。

「怜くん、誰にも言わないよ。怜くんとお兄ちゃんの秘密」

「うん。お兄ちゃんも誰にも言わない。二人だけの秘密だ」

「うんっ」

　怜一はにっこりと笑った。その笑顔を見たまどかの顔がふにゃっと崩れる。自分でも相当なブラコンだと思うが、怜一ほど可愛い子供はこの世にいないと思うのだ。なにしろ顔はお人形さんみたいだし、可愛いので甘やかしてしまって少しわがままだが、公共の場所でのマナーはちゃんと守れるし、パパやママの前では地団駄《じだんだ》踏んでギャン泣きして我《が》を通そうとするが、まどかが駄目な理由を話して聞かせると、納得するのか泣きやんでいい子になるのもすこぶる可愛い。怜一はまどかの言うことなら聞くんだから、とパパやママが呆《あき》れて言うが、それがものすごく嬉しくて、誇らしく思えた。

　そのためには怜一のお手本でいなければならないと思ったし、可愛い可愛い怜一をあらゆることから自分が守ってやるんだとも思った。

（だから変なものが見えるなんて外で言わせちゃ駄目だ。そんなこと言ったら怜一がいじめられる）

もしも怜一がいじめられたら、いじめっ子をぶっ飛ばしてしまいそうで、そんな自分がちょっと怖いとまどかは思う。

今日は七宝の猫が動いちゃったのかぁ、と若干疲れながら怜一の手を引いて蔵を出ると、怜一が中庭のほうを指差した。

「お魚見たい」

「うん、見に行こうか」

銀木犀《ぎんもくせい》のいい香りがする中庭を歩いて池に向かった。池への転落を恐れる両親から、一人でお魚を見に行ってはいけないと厳しく言われている怜一は、いつもまどかと一緒に池の鯉《こい》を見る。怜一が池を覗《のぞ》きこむと、鯉が浮き上がってきてパクパクと口を開けてくれる。それを見るのが怜一は大好きだ。

「お魚のお口、可愛いねー」

「うん、可愛いな」

「ごはんあげる？」

「まだごはんの時間じゃないよ。あとでジージとごはんをあげなよ」

うん、と素直にうなずいた怜一は、ふと、池の向こう岸の石蕗《つわぶき》の葉陰から、小さなおじさんが手招きしていることに気づいた。ニコニコ、ニコニコして怜一を呼んでいる。怜一もニッコリ笑って立ち上がった。

「怜くんのこと呼んでる。遊ぼうだって」

「……誰が呼んでるの？」

「知らないおじさん」

怜一が葉陰を指差す。まどかは怜一を抱き寄せて尋《たず》ねた。

「遊ぼうって言ってる？」

「言ってないよ。おいでおいでしてる」

「怜くん。知らない人についていったら駄目って、いつも言ってるだろ？　おいでおいでされても、行ったら駄目なんだよ」

「うん、怜くん行かない。……怜くんは行かないよ。行かないよ」

怜一が小さいおじさんに言っても、おじさんはやっぱりニコニコしながら怜一を手招きするのだ。自分の意志が通じないもどかしさと、行かないと言っているのにしつこく呼び続けるおじさんへの怖さで、怜一は泣きだした。驚いたまどかにギュウと抱きしめられながら、怜一は訴えた。

「怜くん、行かないって、言ったのに…っ」

「わかってるよ、わかってる、怜くんはちゃんと言えて偉かったよ。大丈夫、お兄ちゃんが言うから」

まどかは怜一が指差していた葉陰を正確に見つめ、自分には見えない小さなおじさんに向けて、ゾッとするほど冷たい目で言った。

「怜一を呼ぶな。僕の可愛い怜一だ。今度そっちへ呼ぶような真似をしたら、ウチに住めなくしてやるぞ」

まどかがそう言ったとたん、小さなおじさんは、まるでまどかの視線の力で突き飛ばされたとでもいうように尻餅をつくと、大慌てで石蕗の奥へ逃げこんだのだ。それが怜一には見えている。すごぉい、と思い、泣いていた顔をもう笑わせて、まどかを見た。

「おじさん、行っちゃったっ、お兄ちゃん、すごぉいっ」

「逃げたか、よかった。大丈夫だよ、怜くん。お兄ちゃんがいるからね」

「うん」

強いお兄ちゃんがカッコよくて、怜一はとろけるような笑みでキュウゥとまどかに抱きついた。あああぁ可愛いっ、とメロメロになったまどかも怜一を抱きしめ、約束をした。

「怜くんのことはお兄ちゃんが絶対守ってあげるからね。怖いことやいやなことがあったら、すぐにお兄ちゃんに言ってね」

「うん。怜くんもお兄ちゃんがいるから怖くない」

なにしろ自分の言うことなど聞いてもくれなかった小さいおじさんを、まどかは簡単に追い払ってくれたのだ。

お兄ちゃんがいれば大丈夫。

怜一は心底からそう思い、安心してまどかに抱っこしてもらった。

「お兄ちゃん、大好きー」

「お兄ちゃんも怜くんが大好きだよ」

「怜くんが一番好き?」

「うん。怜くんが一番大好き」

まどかにそう言ってもらい、怜一はまどかを骨抜きにする愛らしい笑顔でまどかの首に抱きついた。ママよりも優しくてパパよりも遊んでくれるお兄ちゃんに、一番好き、と言ってもらえることが、なによりも嬉しかった。怜一もお兄ちゃんが大好きで大好きで大好きだ。

怜一五歳、まどか十二歳。子供たちは互いで互いを、世界で一番大好き、と思っていた。

＊　＊

どこからともなく、藤の甘い香りが漂ってくる。

老舗《しにせ》質屋『藤屋《ふじや》』の狭い帳場に座り、年季の入った帳場机に寄りかかったまま、葉山《はやま》怜一はうっとりとほほえんだ。

「いい匂いだねぇ……」

口調までうっとりと、そしておっとりと呟く。怜一はつい先月、二十四歳になったばかりだが、四代目として創業百年の『藤屋』を継いで、一年になる。都心から電車で三十分ばかりのこのあたりは、戦前から文化人や裕福な家の別邸などがあり、幸いにも空襲に遭《あ》わなかったおかげで、現在でもお屋敷と呼べるほどの家々が立ち並んでいる、まごうかたなき高級住宅街だ。

そんな住宅街の、細く曲がりくねった脇道を少し行ったところに『藤屋』はある。怜一が生まれ育った家の、裏の一角に店を構えているわけだが、祖父の代に一度建てなおしているこの家は、映画のロケにでも使えそうなほど広い日本家屋だ。昔は使用人にも食事と風呂を提供していたので、使用人用の台所と食事用の部屋、風呂、住みこみの使用人用の部屋がいくつかあり、それとはべつに、主一家の部屋や茶の間、居間、台所と風呂に広間があるのだ。古い蔵が二つと新しい蔵が一つ建っている庭も、ともかく広い。昭和の大きな商家がそっくりそのまま、存在しているのだった。

またふわりと藤の香りが漂って、怜一はふふと笑った。

「この季節が一番いい……」

のんびりと呟いた怜一は、この木と紙でできた家にぴったりとはまる風情《ふぜい》をしている。真っすぐな漆黒の髪。右手でペンを扱うため、空いた左手で髪をかき上げるのだが、その癖が前髪についてしまっている。少し女性的な柔らかな弧を描く眉と、黒目の大きなおっとりとした目。男にしては小さな唇は、色気はないが、代わりに品がある。おっとり、のんびりしていて、大切に育てられた良い家のお坊っちゃんが、そのまま大人になってしまったような男だ。

怜一は一人っ子だが、兄同然に慕い、ともに暮らしてきた七つ年上の男がいるせいで、どうも甘やかされて育った末っ子のような雰囲気がある。

「怜一」

「……うん？」

名前を呼ばれてのんびりと振り返った怜一は、兄同然の男・折原《おりはら》まどかの秀麗な美貌を認めて、嬉しそうにほほえんだ。まどかは髪も目も黒いし、肌の色も日本人らしい薄いバター色をしているが、深い二重や鼻梁《びりょう》の通った高く形のいい鼻は、親か祖父母あたりが日本よりずっと西の国の人なのではないかと思わせる。老舗質屋の大番頭らしく、きちんと整髪剤で髪を整えてはいるものの、忙しいとはらりと前髪が一房落ちることがあって、そんな時にふと漂う色気に怜一は弱い。まどかは怜一の父親の知り合いの子供で、怜一が生まれる前からこの家で暮らしている。

母屋《おもや》に続く間口に立っているまどかと、視線が絡む。まどかの眼差《まなざ》しが、隠しようもなく甘い。自分にだけ向けられる、熱を帯びた眼差しだ。

（まどかの場合、目は口よりも、ものを言う）

怜一は、ふふ、と小さく微笑した。この眼差しの意味を、まどかが決して口にしないことを怜一は知っている。言わなくても、伝わっちゃってるけどね、と思いながら、怜一は子供のように首を傾げた。

「なに、まどか。……あ、お昼？」

「それもあるけど、これ、見てもらおうと思って」

「ん？　腕時計？」

まどかから腕時計を手渡され、受け取った怜一は、とたんに眉をひそめた。

（うわぁ、これはひどい……）

高級腕時計の代名詞でもあるブランドの、紳士用腕時計だった。安定した人気のある型だし、パッと見た感じ、大きな傷も汚れもない。買い取って売りに出せる良いレベルだ。だが、これは駄目だと思った。

（黒い靄《もや》みたいな煙みたいな……、いわゆる瘴気《しょうき》ってやつかな……）

それが時計全体からゆらゆらと立ち上っているだけならまだしも、ベルトにも時計部分にも赤錆《あかさび》のような色のなにかがべったりとまとわりつき、しかもそれが生きもののように蠢《うごめ》き、時計の上をはいずり回っているのだ。誰が見ても、どう見ても、不吉な品だ。怜一は久しぶりにゾッと背筋を寒くして、言った。

「これは駄目だね。なにかよくない因縁《いんねん》があるみたい」

「やっぱりか。持ちこんだお客の様子がどうもおかしかったんだ。盗品を疑ったけどそうじゃなかったし、だけどこの時計を持つにはふさわしくない身なりに口調、素振りで。だから怜一にも見てもらおうと思って持ってきた」

「うん、お返しして。ウチじゃなくても、斜め向かいのリサイクルショップが買うでしょ」

『藤屋』は質店のほかに、家から徒歩十五分の駅前にもリサイクルショップ『ウィステリア』を構えている。自店で質流れになった品や、質屋組合の市で仕入れてきた品、あるいはこの時計のように、買取を希望する客に持ちこまれた品などを販売している。まどかはそのリサイクルショップの運営を主に担っているのだ。

まどかに不気味な腕時計を返した怜一は、時計にまとわりついている赤錆のようなものが手にもついてしまった気がして、気持ちが悪くてシャツでごしごしと手のひらをこすった。

気づいたまどかが、眉を寄せて尋ねてくる。

「なに。手、どうかしたのか」

「うーん、その赤錆みたいなものがさぁ、手にくっついちゃった気がして」

「……え」

「まどかはよく平気で持っていられるね」

「……」

怜一がニッコリと笑って言うと、まどかはとたんに顔を強ばらせて、持っていたバッグに腕時計を放りこんだ。

「買取は、絶対に、断らせる」

「それがいいよね。これはいくらなんでも……ねえ？」

「ああ……、うん……」

「それにしても、まどかはすごいねぇ。こういうのって、子供の時だけってよく聞くけどさぁ」

「こういうのって？」

「だから、霊感？　特殊能力っていうの？　そういう、なんか、憑《つ》いてるものが見えるってやつ。大人になったら消えちゃうってよく聞くじゃない。まどかはもう三十一なのに、健在だよね、その能力」

「いや、だから、それはな、怜一。おまえだよ」

まどかは苦笑しながら言った。なにが？　と首を傾げる怜一に、また苦笑をしてまどかは答えた。

「霊感があるのは、おまえだってこと。俺にはないんだ、そういう能力は」

「いつもそう言うよね。べつに隠さなくてもいいじゃない。僕しか知らないことなんだし」

「隠していない。嘘もついていない。霊感があるのは怜一だ」

まどかが小さくククッと笑うので、まあ隠しておきたいならそれでもいいけど、と怜一も微笑した。

(だけど絶対、まどかにはそういう力があるんだ)

なにしろまどかがそばにいる時だけ、品が放つ雰囲気というかオーラというか、そういうものが見えるのだ。今日の赤錆のようなものも不気味だが、品に憑いてきた怨霊というか亡霊というか、そういうものも一度ならず見ている。決まってまどかがそばにいる時だ。

(まどかの霊感が、僕にも波及しているんだよねぇ)

それだけまどかのパワーが強いんだと思い、うんうんとうなずいた怜一は、まどかがリサイクルショップに戻らず、まだそこに突っ立っていることを怪訝《けげん》に思った。

「まどか……?」

見上げると、熱くて甘いまどかの眼差しにぶつかった。可愛い可愛い、欲しい、自分のものにしたい……、そんな気持ちがダダ漏れている眼差しだ。学生時代、意中の女子学生をこんな目で見ていた級友たちを何人も見てきたから、すぐにわかる。ただセックスがしたいという動物的な欲望ではなく、相手が愛しくて愛しくて、自分だけを見てもらいたいと熱望する眼差しだ。好きな相手には、男はみんなこういう目をするんだなぁと冷静に思っていると、まどかがハッとしたように視線を外して言った。

「お昼、もうできてるんだ。俺は先にすませたから、怜一も食べておいで。店番、代わるから」

「ああ、いや、もう伊作《いさく》さんが来るだろうから、店番の心配はいらないよ」

「ああ……、伊作さんが来る時間か」

「うん。そうじゃなくても、まどかにはちゃんと休憩を取ってもらわないと困るよ。大番頭さんに倒れでもされたら、たちまちウチは回らなくなるし」

「怜一……。若旦那がそんなことを言っていたら、ほかの従業員に示しがつかないだろう。『藤屋』の主人はおまえなんだぞ」

威張《いば》れとは言わないが堂々としていてくれ、と言ってまどかが溜め息をこぼしたところで、伊作が出勤してきた。

伊作は五年前まで『藤屋』で大番頭を務めていた男で、そろそろ六十になる、いかにも商家の元大番頭といった風情の、柔和《にゅうわ》な顔と物腰を持つ男だ。伊作は怜一とまどかの二人が揃っている様子を認めると、目を細めてにっこりと笑った。

「おはようございます、坊っちゃん。まどかさんも。今日はまどかさんも一緒に店番ですか」

「ああ、いえ、まどかは駅前店に持ちこまれた品を見せに来てくれただけです」

「ほう。盗品ですか」

「そうではないんだけれど、どうにもよくない品で。まどかはちょうど休憩時間で戻ってきたところで、僕もお昼を食べてこようと思うんです。交替まで十分ばかり早いんだけれど、いいですか」

「ああ、はいはい、どうぞ。ここはお任せくださって、坊っちゃんはお昼を召し上がってください」

「やだなぁ。もう坊っちゃんて歳じゃないですよ」

ふふふ、と笑い、怜一は帳場を伊作に譲《ゆず》った。まどか、行こう、と母屋へ促すと、まどかは、いや、と首を振った。

「せっかくだから、伊作さんの仕事を見せていただこうかと思って」

「まどか？　伊作さんの仕事を見るって……」

「俺の前に何十年も『藤屋』で大番頭を務めてきた伊作さんだ。まだ学ぶことも多いと思うし」

まどかの声も、表情も、硬い。怜一はふふふと笑うと、朗《ほが》らかに言った。

「真面目だねぇ。ちゃんと休憩取ってからならいいよ。代わりに午後からは僕が駅前店に入るから」

「いやいや、坊っちゃん。まどかさんも」

伊作が驚いた表情をして、手やら顔やらを振り、怜一が小さく噴いてしまうほど恐縮しながら言った。

「そんなわたしなど、わざわざまどかさんに見ていただくような仕事はしておりませんから。

今はわたしがまどかさんにいろいろと教えていただきたいくらいですとも」

「そんなことはないでしょう」

まどかが冷たい声で言った。

「俺なんかよりよほど経験があるんだから」

「とんでもないですよ。まどかさんはわたしなんかを立ててくださる気持ちでいるのでしょうけども、本当にお気遣いなく、どうぞ、休憩に入ってくださいな」

「……そうですか？　残念だな。それとも俺には見せたくないような仕事をしているんですか」

「いえいえ、本当にもう、骨董《こっとう》などの目利きの力が落ちておりましてね、何年も質屋の帳場から離れておりましたから、ええ本当に。なんのお役にも立てなくてすみませんです」

小さくなってひたすら恐縮する伊作だが、まどかの態度は硬く、表情も険しいままだ。困ったな、と怜一は思いながら、なだめるようにそっとまどかの腕に手をかけると、穏やかに言った。

「伊作さんの言うとおりだよ。まどかはもう立派な大番頭なんだから、自信を持ってよ」

「……」

「それにほら、昔はどうあれ、今はまどかが大番頭で、伊作さんはアルバイトだよ。そういう立場的なものもあるしさ」

「……立場ね」

まどかは小さく鼻を鳴らしたものの、やっとうなずいてくれた。怜一は内心でホッと溜め息をこぼし、それじゃ店番、お願いしますと伊作に言って、まどかを連れて、母屋へと廊下を歩いた。

お手伝いさんの手でピカピカに磨《みが》き上げられた廊下が続く縁側からは、ガラス戸越しに広い庭が見渡せる。ちょっとした池に半ばかかるように藤棚が設置されていて、たっぷりと重たいほどに咲いている花が、池面にも映っていて見事に美しい。この季節、毎日見ても見飽きない光景に、ほう、と吐息をこぼした怜一の背後で、まどかが不愉快そうに低く言った。

「坊っちゃんだなんて、舐めたことを言って」

「うん？　伊作さん？　まぁ僕が生まれた時から知っているんだし、彼からすれば、僕はいつまで経っても坊っちゃんなんでしょ」

「失礼だ。俺たちも、怜一が若いから若旦那と呼んでいるけど、実際は旦那だ。この『藤屋』の主人だ。その主人に向かって坊っちゃんだなんて」

「まぁいいじゃない。お客やほかの従業員の前では、僕を若旦那と呼んで立ててくれているんだし」

「そんなことは当たり前だ」

まどかは不機嫌に低い声で言う。怜一はもう一度心の中で溜め息をこぼした。

（坊っちゃんという呼び方……、というか、伊作さんの僕への認識が気に入らないんだろうなぁ……）

それこそ、立場的なことで言えば、バイト風情が主人を坊っちゃん呼ばわりすることは許しがたいだろう。兄同然のまどか自身が、仕事の場では必ず怜一を若旦那と呼んでいるのだ。

（伊作さんはまどかのことも小さい頃から知っているし、そのへんで、こう言ったらなんだけど、公私の別がつかなくなってしまうんだろうな）

ともかくも、ほかの従業員だけではなく、まどかの前でも、自分を坊っちゃんと呼ぶことは控えてくれと言ったほうがいいよね、と怜一は思った。

駅前店は午後九時まで営業しているが、質屋のほうは午後七時で店を仕舞《しま》う。暖簾《のれん》を下ろし、出入口にも鍵をかけてから、怜一は伊作と二人で帳場で帳簿を付ける。品を預かった日付や、品はなにか、数はいくつか、品の特徴。それから預けに来た客の住所氏名に年齢や職業、客の特徴まで書き記す。本人確認は免許証か保険証かまで記入するし、品が流れる日付も書く。あるいは、本日が契約終了日なのに品を引き取りに来なかった……つまり流れた品についても、品名や数量、預けた客の個人情報を記す。品が流れて一年後などに、こんな盗品を探していると警察から品ぶれが回ってきたりするので、帳面を見ればどんな品を扱ったのか、さっとわかるようにしておかなければならないのだ。

「このバッグ、引き取りに来ませんでしたねぇ」

伊作が高級バッグの代名詞であるブランドのバッグを見て苦笑をした。怜一は、うん、とのんびりとうなずいた。

「もったいないよね。元は五十万だものね。まぁそれを二万でもいいって置いていったんだし、自分で買ったものじゃないんでしょう」

「ええ。……しかしこれは、駅前店でも売れますかねぇ、なにしろ流行遅れですしね」

「このブランドならなんでもいいというお客さんもいるし。僕は思うんだけど、カチッとした麻のワンピースを着てもらってさ、これを持ったらいい感じじゃないかなと。流行に関係なく、品があるバッグだものね。あ、そういうプロデュースもありだよねぇ、セレクトショップみたいに見せてさ。まどかに相談してみよう」

「新店を出すんですか」

「うん、だからまどかに相談してみてね」

「ああほら、駅の向こう側に弁天堂《べんてんどう》さんのブテックがございましたよね。あんな感じで?」

「あの店ね。言っちゃ悪いけど中途半端でしょ、街中の衣料品店みたいでさぁ。やるならウチは、高級路線でやりたいな。扱ってる品が同じようなものなら、綺麗《きれい》なお店のほうに女性は行きたいと思うでしょ」

ははあ、と感心したようにうなずく伊作に、ふふ、と小さく笑ったところで、まどかがやってきた。

「怜一、夕食ができた」

「うん、もう少しで帳面付けが終わるから」

「代わるよ。あったかいうちに食べておいで」

まどかが慈《いつく》しむ眼差しで怜一を見つめて言うと、伊作がにっこりと笑って言った。

「帳面もあと少しですし、わたしが付けておきますから、どうぞ坊っちゃんは上がってください。大番頭さんも」

「あと少しなら俺がやります。伊作さんこそもう上がってください」

そう言ったまどかの声は、硬く、伊作を気遣うというものではない。伊作は少し困ったような表情を見せたが、そうですか、とまどかに頭を下げた。

「それではよろしくお願いします。坊っちゃん、お先に上がらせていただきます」

伊作は怜一にも頭を下げると、私物などを置いている使用人用の支度部屋へと足を向けた。

母屋の茶の間へ戻った怜一は、お手伝いさんが作ってくれた夕食を卓袱台《ちゃぶだい》に並べてくれるまどかが、やっぱり不機嫌な表情をしていることを認めると、上目遣いに尋ねた。

「まどかは……、伊作さんを雇ったこと、まだ怒ってるの……？」

「怒っていないよ」

まどかは静かに答えた。けれどそれは嘘だと怜一にはわかる。まどかはいつも怜一に本音を言わない。

（…まどかが、誰が好き、彼は嫌い、なんて言っているのを聞いたことがないし）

内心では相手をどう思っていようが、好き嫌いという感情で他人への態度を変えたりなどはしないのがまどかだ。それなのに、伊作に対してだけはあからさまにいやな言動を取る。誰が見ても、まどかが伊作を嫌っていることは丸わかりだ。でもそれが、どうしてなのか怜一にはわからない。

（伊作さんは穏やかで親切で、いい人なのになぁ……）

怜一の向かいに座って、残りの帳面を付けているまどかをチラリと見て、軽く溜め息をついた。そうっとお味噌汁を口に運んで考える。

（伊作さんは何十年も父さんの下で大番頭を務めてた人だし、父さんだって伊作さんをすごく信頼していたし……）

まどか自身、高校を卒業して見習いとして『藤屋』に就職した時は、伊作に仕事を教わっていた。その頃はとても良好な関係に見えた。

（僕だって、小さい頃はすごく可愛がってもらったし、反抗期の時なんか、バカ丸出しで親の悪口を言う僕を、そうかそうかって言いながら、ずっと聞いて受けとめてくれたし……）

だから、伊作が店を辞めてしまった時は、本当に寂しかった。

（それがまた、戻ってきてくれて、僕は嬉しいんだけど……）

怜一は溜め息をついた。

事の発端《ほったん》は、一年前、怜一の両親が事故で亡くなったことだった。

大学を卒業した怜一は、昔から家族ぐるみで親しくしている老舗質屋『三ノ輪《みのわ》』で、二年間、修業をさせてもらうことにした。住みこみで、とお願いしたのも怜一だ。実家からの通いだと甘えや愚痴《ぐち》が出てしまう。働くとはどういうことかを体に叩きこみたかったから、あえて逃げ場のない住みこみにして、他人の家を間借りし、他人の家の飯を食うという状況に自分を追いこんだ。とはいっても『三ノ輪』を経営している古部《ふるべ》の家とは懇意だから、感覚としては親戚の家に居候《いそうろう》をしているようなもので、その点は甘いよなと怜一もわかっていた。

修業といっても怜一は質屋の子なので、一から教えてもらうわけではない。目利きは毎日勉強させてもらったが、古部のご主人がもっぱら怜一に経験させたのは、質屋業界での市や競《せ》りだ。静かなのだが、参加者の目つきが鋭くて、ぴんと張りつめた独特の雰囲気があるので、馴れていないと怖じ気づいてしまう。また値段の駆け引きなどは目利きの程度を競う、いわば勝負の場なので、自分の目利きに自信がなければ大損をするということも教わった。古部はそうしたものに馴れさせることと同時に、業界内での顔繋ぎ、つまりこの小僧が『藤屋』の若旦那ですよ、よしなに、と紹介もしてくれた。またべつの日は古道具市に連れていってくれたり、個人の家の物入れから出てきた古道具の引き取りにも同行させてくれた。

そうして期限の二年を迎えようとしていた頃だった。

従業員控え室で昼食の仕出しの弁当を食べ終え、今にも故障しそうな給茶器でお茶をいれていた時だ。出入口のドアが乱暴に開いたかと思うや、古部が血相を変えて飛びこんできた。

「怜一くん、大変だっ、おと、お父さんとお母さんが事故に遭ったっ」

「え……」

「早く、早くっ！　病院に、病院にっ」

「は……、はい……」

手に持っていた紙コップのお茶を、そうとは気づかずに落としていた。

古部の車で、実家から車で十分の場所にある病院に駆けつけた。ロビーで待っていたまどかに肩を抱かれて病室へ行く。母親はあらゆる機械に囲まれ、頭に包帯も巻いて、ベッドに横たわっていた。

「母さん……、母さん……？」

なぜか、近くに行くことができなかった。まどかがベッドの横に椅子を用意してくれ、促されるままそこに腰かけた。自然と目に入った母親は、穏やかな表情で眠っていた。なにも考えずしばらく母親を見つめていた怜一は、それからぼんやりと室内に視線をめぐらせた。母親が眠っているベッドが一つ。すぐ横にテーブル代わりにもなる引き出し棚がある。ドアの近くにソファセット。壁際に簡易ロッカー。ああ個室なのかと思った。母親しかいないことも。

「まどか……、父さんは……」

「……べつの部屋に、いる」

「連れてって……、会いたい……」

「怜一。おじさんは、地下の部屋にいるんだ。霊安室に、いるんだ」

「霊安室……？　どうして……」

呟いたと同時に、意味を理解した。一気に血の気が下がった。脳貧血を起こし、腰かけていた椅子から崩れ落ちそうになった。

「怜一…っ」

まどかに抱き留められ、そのまま抱え上げられて、ソファに寝かされた。まぶたが重くて目を開けていられない。耳鳴りがひどくてなにも聞こえない。息が苦しいような気分の悪さを感じる。どれくらい横になっていたのかわからない。潮が引くように耳鳴りが消え、目も開けられるようになった。

「怜一……、ゆっくり、ゆっくり体を起こして」

「……」

「めまいがするか？」

「しない……」

「よし。あったかくて甘い飲み物だ。体を温めるんだ」

「うん……」

まどかから紙コップに入ったココアを渡された。機械的にそれを飲んだ。なにも考えられなかった。父親が死に、母親は重体である、ということは理解していた。ただ頭蓋骨の内側に、脳の代わりにスポンジでも詰められてしまったように、考える、ということができなかった。怜一はソファに座ったまま、ただまどかに言われるまま体を動かした。お茶を手渡されては飲み、コンビニのサンドイッチを手渡されては食べた。

病院に着いて四時間後だった。母親を取り囲んでいた機械が一斉に、母親の死亡を報《しら》せた。駆けつけてきた医師が怜一に向かってなにかを言っていたが、よく聞こえなかった。怜一はまた、脳貧血を起こしたのだ。

ソファで横になっていた怜一が、やっと体を起こせるくらいになった時、まどかが病室に入ってきた。

「怜一……、話せるか?」

「ああ、うん……」

「親戚筋には連絡しておいた。仕事関係のほうは、古部のご主人が連絡つけてくれている」

「そう……ありがとう……」

「それで。……葬式は、どうする? どれくらいの規模でする?」

「葬式……どうするって……」

頭に浮かぶのはテレビで見たような葬式の風景だ。けれど葉山の家は、父親に代替りしてから宗教とは無縁だ。祖父は隣県の寺の住職と個人的な知り合いだったから、その関係で、なにかの宗派の経を唱《とな》えていたし、葬式もその住職に来てもらった。だが菩提寺ではないし、墓は市営霊園にある。父親はそうしたことにまったく興味がなかったから、祖父が亡くなってからはその寺とは疎遠になっていた。

「ウチは、もう仏教やってないし……、葬式って言われても……」

「そうか……」

そこへ、古部がやってきた。

「まどかくん。怜一くん、葬儀屋はどうするって？」

「葉山の家は決まった宗教がないんです。怜一も今、まともに考えられない状態だし、俺としては、葬儀場を借りてお別れ会みたいな感じですればいいと思うんです」

「いや、それは駄目だよ、まどかくん」

古部は眉を寄せて難しい表情でまどかに言った。

「商《あきな》いをやってる家は、ご近所との付き合いを大切にしないといけないよ。出入りの酒屋や八百屋がいるだろう？　そういう人たちは香典を持ってこない立場なんだ、自宅で通夜をやらないと、挨拶《あいさつ》にも来られないんだよ」

「あ……」

「ご近所の人もさ、通夜なら顔を出す付き合いの人と、告別式に出る付き合いの人といるんだ。ましてや葬儀場なんて、家から遠いだろ？　タクシー使わせたり、雨なんか降ったら大変だから」

「そうですよね……」

「葉山の家は古いんだし、建物だってあんなに広いんだ。それなのに告別式を外でやるなんて、家のことを取り仕切れない跡取りだって言われて、怜一くんが舐められちゃうよ」

「ええ……」

「まどかくんは古い考え方だと思うだろうけど、商家なら、冠婚葬祭は家格にあったものにしないと、業界内でいろいろと言われるんだよ。それは怜一くんの今後のために、よくない」

「……わかりました。自宅で、仏式でやります。でも実際、お寺との付き合いもないんです。お坊さんに来てもらうにはどうすればいいのか……」

唇を噛んだまどかが考えこむと、問題ないよ、と古部が言った。

「今はフリーの坊さんてのがいて、派遣で来てくれるんだ。宗派はなんでもいいってなら、そういう坊さんを呼んでさ。戒名《かいみょう》も格安でつけてくれるから。ともかくも老舗としての形を整えないと。……怜一くん、聞いてたかい？　今のでいいかい？」

古部に聞かれた怜一は、ぼんやりとうなずいた。話を聞いていなかったことは一目瞭然《いちもくりょうぜん》だ。

古部は溜め息をこぼしてまどかに言った。

「お父さんの怜太郎《れいたろう》さんは本家の長男だろ。怜一くんは一人息子だ。どうしたって怜一くんが喪主を務めなくちゃならないし、『藤屋』だって継がなきゃならない」

「ええ。こちらできちんとしないと、親戚筋に勝手をされそうですし」

「そうだよ、それが一番の心配なんだ。怜太郎さんの家は財産がある。怜一くんにしっかりしてもらわないと、親戚にいいように食い潰されちゃう。まどかくんはあれだろ、『藤屋』の長男として育てられたんだろ？」

「いえ、長男だなんて、…」

「細かいことはいいんだよ、ともかくさ、店の状況とか家のほうの勘定とか、聞かされてるの？　大事な書類のありかとか、金庫の番号は？」

「はい、おじさんから、お店の財務も個人の財産も、全部教えてもらっています。怜一がわからなくても、俺が全部わかります。親戚の好きにはさせません。でも……」

「なんだい」

「そういう……、つまり財産のことを俺から親戚筋に言うわけにもいきませんし……」

「ああ……。まどかくんがそれを言ったら、蜂の巣にされちまうよなぁ……」

眉を寄せて悩むまどかを見て、古部も顔をしかめて腕を組んだ。代々葉山の家と親しくしてきた古部は、葉山の家に引き取られたまどかが、怜一と兄弟同然に育てられてきたことを知っている。怜一の両親が、店の経営や個人の財産のことまでまどかに話していたことからも、まどかを長男として育てていたこともわかる。だが、それは葉山の家の中でだけ通用する話であって、親戚を含めて外から見れば、まどかは他人で、ただの従業員だ。その従業員が遺産のことに口など出したら、どんな騒ぎになるかは簡単に想像がつく。

なにしろ古部は、まどか同様、葉山のほうの親戚を警戒している。『藤屋』の先々代、怜一の祖父が亡くなった時、怜一の父親が家屋敷を売らずに姉や弟妹に遺産を渡すために、銀行に多額の借入を申しこんだ。その保証人になったのが古部なのだ。その時に怜一の父親の兄弟がどれほど強欲なのか、図らずも知ってしまった。学校を出たばかりで、世間などなにも知らない怜一のような青二才など、あの親戚にかかったらひとたまりもないと思うのだ。

ここはなんとしても、跡継ぎの怜一に気概《きがい》を見せてもらわなくてはならないと古部は思うが、目の前の怜一は茫然自失《ぼうぜんじしつ》だ。突然、いっぺんに二親を亡くした怜一に、親戚と渡り合えと言っても無理だろうと思う。どうしたものかと思案しながら、ぽつりと古部は言った。

「ここは怜一くんに頑張ってもらわないとなんだけども……、まどかくんを表に立たせたら、それこそまどかくんを追い出す口実を親戚に与えるようなものだしなぁ……」

ぼんやりとソファに座っていた怜一は、葬式やらないと、お店も回さないと、従業員のお給料も、と、考えるのではなく、ただそんな言葉をぐるぐると思っていた。だが、古部の言った「まどかを追い出す」という言葉にはピクンと反応した。

「…まどかを追い出す？」

ふっと、夢から醒《さ》めたように、怜一の眼差しに力が戻った。真っすぐに古部を見上げた怜一は、怒りと訝《いぶか》しみが交ざり合った表情で尋ねた。

「どうしてそうなるんですか？　まどかは父の知り合いの息子です、小さい時に両親を亡くして、だから父がウチに来てもらったんです、ずっと一緒に暮らしてきたんです、まどかは家族です、それを追い出すって……、どうしてそうなるんですか？」

「ああ……、いや、そうなんだけどね、怜一くん……」

古部は困ったような表情をした。代わりに答えたのはまどかだ。怜一の隣に腰かけると、視線の高さを合わせ、混乱している怜一にわかるように、ゆっくりと言った。

「遺産の問題が、あるんだ」

「遺産て……」

「怜一が俺を兄と思ってくれていることはわかっている。家族だと思ってくれていることも、わかっている。だけど、現実として、俺は葉山の家の人間じゃない。親戚でもない。血縁がない、つまり他人なんだ。他人が、人の家の遺産について口を出すわけにはいかないんだ。口を出せば、遺産欲しさに怜一をうまく丸めこんでいると、そう言われてしまうんだ」

「だからまどかを追い出すの？　僕を守るためみたいな大義名分で？」

「そうなるんじゃないかって、俺も古部さんも考えている」

「それこそおかしいじゃない。じいさんが死んでから、盆にも正月にもウチに来なかった親戚たちだよ？　父さんが死んだとたん、なにを親切ぶって……」

そこまで言って、怜一は言葉をとぎらせた。べつの考えが頭に浮かんだのだ。

「まさか、父さんの遺産を狙っているとか……？」

「……そういう流れになるんじゃないかと、心配している」

「無理だよ、法律上、父さんの遺産を継げるのは子供の僕だけだ。叔父さんたちが出てくるような話じゃないでしょ？」

「怜一。これは法律どうこうの話じゃないんだよ。親戚たちの頭にあるのは、おじさんにはたくさんの財産があるということと、その財産を継ぐ怜一は世間知らずの子供だということなんだ」

「つまり、それこそ、僕を丸めこんで、お金を取ろうとするんじゃないかってこと？」

「そうだ。そのためには俺が邪魔なんだよ。怜一を守るためにいる、俺が」

「……」

怜一は自分自身にショックを受けた。遺産を継ぐのは自分だけだと自分で言ったくせに、現実的なことをなに一つ考えていなかった。家に資産がどれくらいあるのかすら知らないし、親戚が、実の兄が亡くなったというのに、死を悼《いた》むよりもお金を得ることを考えるということが信じられなかったし、しかも本来継げるはずのない遺産を、言い方は悪いが、甥っ子から巻き上げようと考えているとか、そのために、父や母や怜一が家族と思って愛し、大切に思ってきたまどかを追い出そうとするなんて。

(そういえば昔から、叔父さんたちはまどかに意地悪だった……)

祖父母が亡くなってからはほとんど本家に顔を見せには来なかったが、たまにやってくると、まどかのことを使用人の子供のように扱っていた。無視や、手土産のケーキはまどかの分を買ってこなかったりといった、あからさまな他人扱いだ。

(ああもう僕は、本当に、どれほど子供なんだ……)

両親を亡くしたショックはまどかも同じくらい受けているはずだ。それなのに、本当なら怜一がやらねばならないあらゆる手続きや話し合いを一人で引き受け、遺産をめぐる争いから怜一を守ろうとしてくれている。

(僕には、こうして僕を心配してくれる古部さんや、僕を可愛がってくれた母方の親戚だっている。まどかのほかにも味方はいる。でもまどかには、僕しかいない。まどかを守れるのは僕だけじゃないか)

しっかりしろ、と自分に気合いを入れた。まどかを大切に思っているのは自分だけではない。両親だってまどかのことを、実の子同然に育ててきた。そのまどかを欲のために追い出そうだなんて、よく言えるものだと思う。まどかは絶対に手放さない。まどかのためにも家だって手放さない。大好きな店も続ける。そのために、葉山の家の跡継ぎとして、『藤屋』の四代目として、今こそ戦わなくてはならない。自分には守るべきまどかがいるのだ。

怜一は一つ深呼吸をすると、まどかに微笑を向けた。

「ごめん。自分の感情でいっぱいいっぱいになってた。いつもみたいにまどかに甘えちゃった、ごめん」

「怜一、謝ることはない。無理に微笑《わら》うこともないんだ。誰だって身内を亡くしたらショックを受けるんだから」

「だったら、まどかだって同じだ」

「……うん。ありがとな」

まどかも「両親」を亡くしたと、そう言ってくれた怜一に、まどかは深くうなずいて、言った。

「俺を信用してくれるなら、怜一がやること、言うことを、古部さんと二人で考えるから。怜一はただ、俺に言われたとおりにすればいいから」

「ずっと前から信じているよ」

「そうか」

まどかは慈しむ眼差しで怜一を見つめ、微笑を浮かべた。

「なんにも心配しなくていい。俺は怜一を守るために葉山の家にいるんだから。告別式が終わるまででいい。無理をしてでも、跡継ぎらしい、四代目らしい顔を作ってくれ」

「心配いらないよ」

怜一はうなずいた。まどかだって悲しいはずなのに、いつもいつもいつだって、こんな時だってまどかは怜一のことを一番に考えてくれるのだ。大人になった今、まどかに守られてばかりの自分はおしまいにする、と怜一は思った。

「僕だってまどかを守りたい。誰にも、なんにも、文句を言わせないくらい、ちゃんと喪主を務めるから」

怜一はおっとりと微笑した。昨日までの末っ子で甘ったれた微笑ではなく、背中に一本筋がとおった、男の微笑だった。

寝台車に両親を乗せて家に帰ると、すでに葬儀社の人間が来ていた。正月くらいにしか使わない広間は、間の襖《ふすま》を取り払って、三間続きの大広間になっていた。病院からまどかに指示をされてお手伝いさんたちがやったのだろう。両親の状態がよくなかったらしく、病院からは棺に入れて連れ帰ってきたので、葬儀社の人がそのまま広間の祭壇の前に安置してくれた。まどかが葬儀社の人と通夜や告別式の細かな打ち合せを始めたので、横に座って話を聞いていたが、まどかも葬儀社もなにを言っているのかまったく理解ができなかった。

(僕は本当に役立たずだ……)

ここまでものを知らない自分に茫然とする。葬儀を取り仕切るのは初めてだから、などという理由は通用しない。この世のほとんどの喪主が、葬儀の取り仕切りなど初めてやるのだ。まどかだって葬儀の打ち合わせなんて初めてだ。それなのになんでも知っていて、本当にすごいなと思った。それと同時に自分の子供ぶりにがっかりする。

(しょうがない、ここはまどかに任せよう。とにかく僕は、喪主として、『藤屋』の四代目として、ご近所の皆さんにきちんと応対しなくちゃいけない。従業員を不安にさせたらいけないし、親戚筋にも好き勝手をさせたらいけないんだ。ちゃんと、旦那の顔をする。そのことだけに集中だ)

そう、気持ちを切り替えた時だ。

「若旦那」

「あ、はい」

ふいに呼ばれて振り返った怜一は、縁側に立って自分を見ている古部に気づいた。なぜかニヤリと笑った古部に、いけない、と思って怜一は立ち上がった。

「すみません、古部さん、お茶もお出ししないで」

「いやいや。それでいいんだよ、若旦那」

「はい、え? ……あ」

古部の言いたいことに、ハッと気づいた。古部は、若旦那、と呼ばれて怜一が反応するか、つまり、ちゃんと自分の立場を理解しているか試したのだとわかったのだ。こんなところまで気にかけてくれる古部に、心底ありがたいと思ったし、まどか以外で信用できる大人だと再確認できたし、怜一は嬉しくて少し頬を染めて、古部を居間へ案内した。

（そう。僕はもう、『藤屋』の旦那なんだから）

公《おおやけ》の場ではきちんとそれらしく振る舞わなくてはと思った。それが旦那としての最初の仕事だ。

お手伝いさんにお茶を出してもらってから、怜一はきちんと古部に頭を下げて言った。

「今日はいろいろと、ありがとうございました」

「ああ、いやいや。俺にできることはなんでもするから。俺はお父さんの友人でもあるんだし」

「ありがとうございます。それで、急なことで申し訳ないんですが、こういうことになってしまったので、『三ノ輪』さんでの修業は切り上げて、こちらへ戻ろうと思っているんです。今日まで二年間、本当にありがとうございました」

「いやいや。怜一くんにはほとんど教えることなんかなかったさ。俺んところで預かってよかったことといえば、この二年、他人の家の飯を食ってさ、ずいぶんとしっかりしたってところかねぇ」

「はい。古部さんには商いというものを教えていただいて、本当に感謝しています。ずっと家にいたら、人様のため、従業員のために働くということもわからなかったと思います。本当にありがとうございました」

「うんうん。まどかくんがついているから大丈夫だとは思うけど、困ったことがあったらすぐに俺に言うんだよ。商工会と組合のほうには俺が連絡しておいたって、まどかくんに言っといてね。じゃ、いっぺん家に戻るから。人手が足りなかったらカミさん寄越《よこ》すから、遠慮しないで言うんだよ」

「はい。重ね重ね、ありがとうございます」

「また、告別式の時に来るから」

古部は励ますように怜一の背中を叩いて帰っていった。

それと入れ替わるようにまどかが居間にやってきた。

「あれ、古部さんは帰ったの？」

「うん。商工会と組合には連絡したって」

「そうか、申し訳なかったな、そっちは後回しにしてしまった」

まどかは怜一の横に腰を下ろして言った。

「段取りが決まった。通夜は明日、葬儀はあさってに、面倒だと思うけど、ここでやることにしたから」

「わかってる。それが商家の作法だもんね」

「作法なのかな。でも古部さんの言ったとおりだから。それで、たぶんそろそろ親戚が来ると思うんだ。……大丈夫か？」

「うん。僕はさっき脱皮をしたところだから」

「……脱皮？」

「叔父さんたちが遺産目当てで来るにしろ、告別式が終わるまではさすがに黙っているでしょ。それくらいの分別はあると思いたいよ」

「ああ……、その、怜一……」

「うん？　あ、まずは見かけを繕わなくちゃいけないね。紋付袴《もんつきはかま》ってどこにしまってあるんだろう、まどかは知ってる？」

「いや、着物類というか、おばさんが管理していた分野のことは知らない……」

「長尾《ながお》さんならわかるかな。ウチで一番古いお手伝いさんだものね。まどかは？　礼服持ってたっけ？」

「ああ、一応ある、おじさんに仕立ててもらった、それより怜一、紋付着るのか？」

「うん。本家の跡取りアピールだよ。正礼装は喪主しか着られないんだし。まずは見かけで先制パンチを食らわせるんだ。誰が葉山の家で一番上なのか、わからせないとね」

怜一がおっとりとそう言って、にっこりとほほえむと、まどかがおかしなものでも見るような目つきで見つめてきた。なに、と怜一は首を傾げた。

「なんでそんな変な顔で僕を見るの」

「いや……、おっとりしていると思っていたけど、やっぱり怜一は長男だなと思って」

「……ん？　え？　よく意味がわからない……、え、どういうこと？　まどかを差し置いて長男ぽいこと言っちゃった?」

「天然なのか。まいったな、気づかなかった」

「え、なにが? なにが天然なの?」

「ああ、表玄関が騒がしい。親戚たちが着いたみたいだ。俺は表には出られないから、怜一、しっかり」

「うん、大丈夫だよ。あ、長尾さん、叔父さんたちが来たんでしょう? 西の洋間に案内してください。うん、応接室に通すほどの客ではないので。湯呑《ゆの》みも客用じゃなくていいですよ、ご近所のかたにお出ししているものを使って。うん、いいんです、お客様じゃないので。僕は着替えてから行きます」

親戚を徹底的に下に見る指示を出す怜一は、やっぱりおっとり口調と柔らかな微笑なのだ。自分のキツさにまったく気づいていない、こういう天然もあるのだなと、呆れたように首を振ったまどかは、怜一のそのキツさが、まどかを守るためだとは気づいてもいなかった。

その夜。

ぐるりと鯨幕《くじらまく》が張られた三十畳の広間に突っ立ち、怜一はそっと溜め息をこぼした。広間の奥に、花々に囲まれて両親が安置されている。宮のない、いわゆる花祭壇なのは、宗教はやっていないということにこだわる怜一のために、まどかが指定してくれたのだろうと思う。

菊の匂いと線香の匂いが交じって鼻に届く。

「……あ、線香が切れる」

残り少なくなった線香に気づいて、次の一本を足した。煙を絶やしてはいけないと葬儀社の人に言われているのだ。ふう、と溜め息をこぼした時、まどかが来た。

「怜一。夕食だ。食べられるか？」

「うん、お腹は空いてるはずだから」

「……そうか。親戚は？」

「ああ、帰ったよ」

「帰った？　みんな!?　線香番もしないつもりか!?」

「母さんのほうの伯母さんが、もう少ししたら来てくれる。あちらもごはんの支度とかあるから。そうだ、伯母さんが休めるように部屋を用意しておかないといけないね」

「……葉山のほうの親戚は」

「だから、帰ったよ。僕が追い返しちゃったみたいなものだけど。夕食だっけ？　食べながら話す」

怜一はふふっと、なぜ笑ったのかもわからないように、気持ちのない笑いをこぼして霊前から立ち上がった。まどかは、その空っぽの笑いが妙に怖く感じられて、いったい親戚に対してなにをやらかしたんだと、不安に思いながら茶の間へ足を向けた。

茶の間でまどかと二人、お手伝いさんが作ってくれた夕食を囲む。お手伝いさんが気を遣ってくれたのか、豆腐のハンバーグや季節野菜のソテーといった、洋風の精進料理だ。みんなふつうに仏教なのかな、と内心で首を傾げた怜一に、で、とまどかが口を開いた。

「親戚を追い返したっていうのは？」

「うん。叔父さんが、僕じゃ葬儀は取り仕切れないだろうから、代わりにやってやるって言いだしたんでさ。ご心配なく、ウチには優秀な番頭もいるので、こちらで全部やれます、叔父さんはただ親族席に座っていてくれればいいですって言ったんだ」

「それで引き下がった？」

「ううん。番頭って誰だって聞くから、まどかだって言ったら、他人をあてにしてどうする、こういう時こそ身内に頼れって言うんだよね。だから、商家にとって番頭は身内です、年に一度顔を合わせるか合わせないかっていう叔父さんよりよっぽど頼りになりますって、正直に言ったよ」

「そんなはっきり……」

「なんかガミガミ言うからさ、叔父さんが取り仕切りたいなら、費用も叔父さんが出すんですよねと言ってやった。そしたら慌てて、まだ父さんたちの顔を見ていなかったって言ってさ、広間に逃げたよ。告別式の時はサポートしてやるからとも言ってたなぁ。なにを企《たくら》んでいるんだか」

「うーん……」

「それで、通夜は明日の六時からです、線香上げてくださったらどうぞお帰りくださいって。弔問客《ちょうもん》の応対してたらいなくなってたから、まぁ帰ったんでしょ」

「そういうことなら帰ってもらってよかった。おじさんたちに会うより先に、怜一を丸めこもうとするなんて。本当におじさんと兄弟なのか、あの人たちは」

まどかは怒ったような低い声で言った。怜一はまた、自分でも理由がわからない笑いをこぼし、言った。

「なんか……、二人でごはんって、初めてだね」

「……ああ」

「本当に二人きりになっちゃったんだね」

「ああ。家が広いから、よけいに寂しく感じる」

「父さんも母さんもあっちにいるのに、もう動かないんだものねぇ」

「……」

柔らかく沈黙が落ちた。二人とも黙って食事を進めていたが、思いだしたといったふうに、ふいに怜一が口を開いた。

「僕、病院でパニックになってたからさ。事故のこと、ちゃんと聞いてないんだ。事故って……、どんな？」

「……居眠り運転の車に、撥《は》ねられたんだ」

「……うん」

「嘉緑寿司《かろくずし》さんのところの信号を渡っていて、それで。嘉緑寿司のご主人が救急車を呼んでくれて、ウチには奥さんが報せに来てくれた。だから俺は、救急車より先に現場に行けた」

「…父さん、生きてた？」

「いや。息は、してなくて……、もう冷たかった。おばさんは、おじさんに抱き抱えられてて……、だから、怜一が来るまで、生きていてくれた」

「……そう。父さん、母さんをかばったのか。自分の親ながら、かっこいいな」

ふふふ、と怜一は笑った。釣られてまどかも、ふふ、と笑った。

「おじさんはおばさんのことを、本当に大事にしていたからな。どこへ行くにも一緒でさ」

「うん。ラブラブだったよね」

「綺麗で、おっとりぽやぽやしててな。このおばさんにしてこの怜一ありって、納得できるよな」

「僕はべつに、おっとりもぽやぽやもしていないよ。母さんと違って、嫌みは嫌みってわかるし」

「……おじさんがおばさんを大事にしていた気持ち、俺にはよくわかる。とてもよくわかる。一緒にいるだけで幸せなんだ。満足なんだ。そばにいてくれるだけでいいんだ」

「……」

「俺も、それくらい怜一が大事だ。これからもずっと、どこにいたって、怜一を大事にする」

「……うん……」

小さく答えた怜一の声はかすれていた。無理に微笑していたツケが溜まりに溜まって爆発したように、ボロボロッと涙がこぼれて落ちた。蓋《ふた》をしていた悲しさと寂しさがあふれて止まらず、箸《はし》を握りしめたまま、子供のように怜一は泣いた。

「僕には、もう、まどかしかいない…っ、お願い、まどか、どこにも、行かないで…っ、ずっと、この家に、いて……っ」

「怜一……、怜一……」

「僕をっ、一人にしないで…っ、まどか、そばに、いて…っ」

「……」

まどかは答えずに、卓袱台を回って怜一を抱きしめた。気のすむまで、疲れるまで、怜一を泣かせてやった。両親を亡くして初めて泣くことのできた怜一を。

翌晩の通夜は滞《とどこお》りなくすんだ。と、怜一は思っているが、本当は居眠りで怜一の両親を撥ねた運転者の弁護人と、保険会社の人間が弔問に来た。それは受け付けをしていたまどかが香典とともに追い返した。怜一は両親が亡くなったのだという現実を受けとめることにいっぱいいっぱいで、その両親を「殺した人間がいる」ということにまで頭が回っていない。

（しかも、昨日から変にキツいというか、妙な凄《すご》みを出していて怖いしな……）

ギリギリまで神経が張りつめているのだろう。だとしたら今、怒りと恨みまで怜一に与えたら、どうにかなってしまう気がまどかはしていたのだ。

そして翌日の告別式。

朝食を終えてから、お手伝いさんに手伝ってもらって紋付袴を身につけた怜一は、まどかからしみじみと、立派な喪主に見えるよ、と言ってもらった。

「本当？　叔父さんにだけは笑われるわけにいかないから」

「大丈夫だ。ただ怜一も、むやみに作り笑いをするのはやめるんだよ。今日は愛想よくしなくていい」

「ああ……、つい微笑ってしまうんだよね。まどかも、礼服似合うね。喪服の未亡人によろめく気持ちが少しわかるな」

「怜一。こんな日にふざけるものじゃない」

「ああ、うん、ごめん」

口では謝ったが、べつにふざけていないんだけどな、と思った。静謐《せいひつ》な美貌を持つまどかだから、黒い服を着ていると儚《はかな》げに見えて、守ってあげたい気持ちになるのだ。もちろん、黒い服を着ていなくたって、普段着だってパジャマだって、まどかのことは守るつもりだ。

そんなことを思われているとも知らないまどかは、怜一の手をギュッと握ると心配そうに言った。

「俺は今日も裏方仕事だ。怜一のそばにいられないけど、しっかり」

「うん、大丈夫」

おっとりと答えた怜一を見て、本当に大丈夫なのかと思い、まどかはさらに心配を増やしながらも、腕時計を見て言った。

「そろそろ坊さんが来る頃だ。怜一が席に着かないとみんな入れないから、親戚たちを連れて広間へ行って。弔問客は俺が案内するから」

「わかった。叔父さんの反応が見物だね」

クスクス、と笑ってまどかに溜め息をつかせ、怜一は親族の待合室に使っている洋間へ足を向けた。

「そろそろお坊さんがお見えになるので、広間のほうへお願いします」

待合室に入ってそう言うと、怜一の紋付袴姿に驚いたのか、叔父を筆頭《ひっとう》に葉山のほうの親戚が全員、仰け反ったので、怜一は笑いそうになってしまった。平日ということもあるのか、それとも馬鹿にされているのか、叔父たちは誰も従兄弟たちを連れてはきていない。母方の伯母はご主人と、娘二人を連れてきているのに。まあ、叔父さんたちはその程度の付き合いということだ、と改めて距離を確認し、怜一は皆を広間へと案内した。

着席順は、喪主が一番前、次に家族、親族だ。今日の場合、家族は怜一しかいないから、怜一のあとに少し間を空けて、親戚が座ることになる。怜一が喪主席に正座をすると、思ったとおり、叔父が横に座ろうとしてきた。怜一は驚いた表情を作って言った。

「叔父さん、親族席はそちらですよ」

「わかっているよ。でも一人じゃ心細いだろう？　叔父さんがここについていてやるから」

「大丈夫です、心細くはありません。それに『藤屋』を継いだ身ですし、皆さんの手前、子供扱いされても困るので」

「そんなつもりじゃないさ、ただ怜一の後見として、ついていようと」

「え、後見役？　おかしいな、僕、頼んでいませんよね？　それに後見がどうして必要なのかわからないし……」

「だからそれはな、怜一一人じゃなにかと頼りないから、……」

「いやだなぁ、叔父さん、僕はもう大人ですよ。あ、弔問の皆様が入ってこられた。叔父さん、席を間違えたと思われたらみっともないですから、早く親族席へ」

怜一は終始おっとり口調で言いながら、断固として叔父を後見席には座らせなかった。渋面で親族席に戻った叔父をチラリと見た怜一は、先制パンチはよく効いたと思い、内心でうふふと笑った。ぼんやりした甥っ子だと舐めてかかるから、みんなの前で恥をかくのだ。そう。年若い葉山の家長に「指図される」分家の叔父という一幕。もっと食らいついてくれれば、もっと恥をかかせてやれたのにと思った怜一は、それと同時に、後見を名乗ろうとするなんて、遺産について口を挟んでくることは確定だな、と思った。それに付随して、怜一の味方をするまどかをなんとか追い出そうとするだろうことも。

（そんなことはさせないもの。ああもう、母さんのほうの親戚がみんな目を点にしてるよ。弔問客には仕事関係の人もたくさん来ているし、僕の後見人になったってアピールしたかったんだろうけど、本当に後先考えていないよねぇ）

成人している怜一の後見人になるということは、『藤屋』の経営にも携《たずさ》わるということだ。ということは、いそいそと後見人席に座るより先に、業界の人たちに頭を下げて挨拶に行かねばならないところだ。それもやらずに後見人席に座ろうなんて、商家の旦那を張っている人たちから見れば、父親の遺産をいいようにしたいだけの業突張《ごうつくば》りだと、一瞬でわかってしまうのに。

派遣の坊さんが来て、読経が始まる。怜一は神妙な顔つきで意味のわからないお経を聞きながら、昨夜まどかに聞かされた財産のことを思いだし、まいったな、と思って父親の遺影を見上げた。

（本当に、なんてことだよ、父さん）

昨夜まで、『藤屋』は質屋とリサイクルショップを経営しているだけだと思っていた。ところが実は、そのリサイクルショップが入っている駅前雑居ビルは父親が建てたウチのもので、さらには地価の馬鹿高いこの地区に建っている低層マンション二棟も父親が建てたのだという。葉山家の収入の七割はそれらから得られる不動産収入で、その額も、両親が亡くなったことを一瞬忘れるくらい高額だった。

（それを叔父が知ったら、軍隊アリみたいにたかってくるだろうなぁ）

法的には叔父には一円も渡らないが、叔父だってそれを承知で、「お坊っちゃん」で「青二才」で「世間知らず」の怜一を言い包《くる》めて、いくらかでも持っていく算段なのだろう。冗談じゃないですよ、と怜一は思った。

（ウチは本家だから正月には集まっていたけど、じいさんが死んだらとたんに来なくなったし。盆も来なけりゃ墓参りに行った形跡もないんだものね）

たまーに来たかと思えば、決まって借金のお願いだった。両親からそうしたことは聞かされたことはないが、一緒に暮らしていればなんとなくわかるというものだ。

（さて、どうなることやら）

怜一は顔を伏せ、心の中で盛大な溜め息をついた。

読経が終わり、棺に花を入れ、いよいよ蓋をして釘打ちだ。両親の顔を見るのもこれで最後かと思ったら、心の中が空っぽになってしまった気がした。悲しいとか寂しいとか、そんな気持ちさえ湧かなかった。まどかと二人で考えた喪主の挨拶を堂々としたあと、いよいよ出棺だ。怜一は叔父に取られないよう、遺影と位牌《いはい》、二つを持つと、後ろのほうにいたまどかを呼んで、遺影を渡した。

「これ、まどかが持って」

「いや、俺は……」

「まどかの親でもあるんだから」

「……ありがとう」

まどかの親でもあるんだから、という言葉を聞いたらしい叔父が顔をしかめた。それを視界の端にとらえた怜一は、当たり前でしょう、叔父さんに遺影なんか持たせませんよ、と思い、心の中で憤慨《ふんがい》した。本当なら棺だって持ってもらいたくないのだ。

弔問客に見送られて火葬場へ行く。最後の焼香をして火葬炉に棺を収めたあと、待合室に移った。親戚たちは小上がりの座敷席に着き、怜一はなにかあればすぐに動けるように、出入口のそばのテーブル席に座った。まどかがみんなにお茶を配っていると、叔父がいそいそといったふうに怜一のテーブルに来て、向かいに座った。まさか、と思ったら、そのまさかを叔父は口にした。

「怜一。兄さんも亡くなってしまったし、あの家、どうするつもりなんだ？」

「どうもしませんけど？」

「いや、怜一はまだ子供だからわからないだろうけどさ、相続税を払わなくちゃならないんだよ。あの場所であれだけの土地建物だろ？　とても払いきれないと思うんだよ」

「はあ」

「叔父さんの知り合いにいい不動産屋がいるんだ。叔父さんが間に入ってやるから、あそこを売ってさ。それで税金を払うといいよ」

「そうすると」

怜一はわざとらしく首を傾げた。あまりにも予想どおりの叔父の言動がおかしくて、笑いだしてしまいそうな自分をなんとか抑えて尋ねた。

「僕の住む家がなくなってしまいますよね。仕事も」

「叔父さんは思うんだけどさ、跡継ぎだからって、質屋なんか継ぐことはないと思うんだよ。あんな広い家、手入れだって大変だろう。怜一は若いんだから、使い勝手のいいマンションに住んでさ、どっか会社にでも勤めたほうが、安定していいと思うんだよ」

もっともらしいことを言う叔父だ。なるほどねぇ、と怜一は内心で苦笑した。要するに叔父は、そのいい不動産屋と手を組んで、自宅の土地を売った上前を、数百万ばかりはねようという算段なのだろう。えげつないなぁと怜一は思った。

(叔父さんたちは、じいさんが亡くなった十九年前に、ちゃんと遺産は貰ったでしょうに)

これも昨夜まどかに教えてもらった話だ。祖父が亡くなった時、怜一は五歳だったから家の事情など知るはずもなかったが、十三歳になっていたまどかは理解していた。店を守るため、土地を売ることなどできなかった父親は、借金までして、法定遺留分以上を叔父たちに渡したのだという。それでも目の前に金になる土地があると思えば、それが甥っ子のものだろうと、欲しくなるんだねぇと、怜一は心底から呆れた。

(そういえば昔から、怜一はおじいちゃんの家に住めていいわねぇ、なんて、伯母たちから言われてるけど)

伯母たちにとっても生家だから懐かしいのかなと思っていたが、なんのことはない、売れば数億になる土地を持てることが羨《うらや》ましかっただけなのだ。

怜一はわざとやるせない溜め息をこぼすと、じっと叔父の目を見つめて言った。

「父さんたちを、焼いている時に、そんな話をしなくても」

「ああ、うん、いや……」

「叔父さんが僕のなにを心配しているのか、よく理解できないんですが、僕は質屋の仕事が好きなんです。質屋の子供ですから、物心がついた頃から、店は僕が継ごうと思っていましたし」

「でも今時質屋なんて、大して儲《もう》からないだろう？　不安じゃないのか？」

「それはどんな仕事でも同じじゃありませんか？　僕は本当にこの仕事が好きなんです。好きだから、きちんとしなくてはいけないと思って、一昨日までよその質屋さんに修業に出ていたんです。それくらい本気ですから、店を畳むつもりはありません」

「そうは言っても、実際に経営に携わったことはないんだろう？　怜一一人じゃない、従業員だっているんだ」

「その点は心配いりませんよ。店のことなら大番頭がよくわかっていますから」

「まどかくんか」

叔父は顔をしかめ、忌々《いまいま》しそうに言った。

「まどかくんだってまだ若い。一人で切り盛りするのは無理だろう」

「いやぁ、叔父さんも承知のようにウチは小さい質屋ですから、切り盛りするほどのことでもないですよ。たしかにまどかは三十そこそこですけど、十年以上、父さんの下で仕事をしてきているんです。目利きは確かだし、なんとか食べていくくらいはできますから」

「だけども相続税があるだろう。さっきも言ったけど、あれだけの土地屋敷だよ？　おまえのおじいさんが亡くなった時、お父さんだって払うのに苦労したんだから。払えなかったら差し押えだよ、どうやって工面《くめん》するつもりでいるんだ？」

「さあそれは、税金がいくらなのか、わかってから考えます。これから父さんと母さんのお骨を拾うわけだし、叔父さんみたいに、お金のことばっかり考えられません」

「俺みたい…っ、ああ、いや、悪かったよ、怜一」

カッとなりかけた叔父だが、怜一の悲しそうな表情を見ると、さすがに自分の強欲が恥ずかしくなったのか、歯切れ悪く謝った。怜一は追い打ちをかけるように、つらそうな溜め息をこぼしてみせ、とうとうテーブルから叔父を追い払ってしまった。

隣のテーブルで二人のやりとりを見聞きしていたまどかは、怜一の悲しそうな顔も溜め息も、わざとだな、と思った。しかも、無意識のわざとだと。天然に腹黒いのだ。

(昨日から様子が変だと思っていたけど、まさかこっちが素なのか……？)

これまで可愛い可愛い怜一しか知らなかったから、親戚たちにやりこめられてしまうんじゃないかと心配していたが、杞憂《きゆう》に終わった。直情な叔父が天然の腹黒に勝てるわけがないのだ。まどかは静かにお茶を飲みながら、しかしいったいこれはどうしたことだろうと考えた。怜一の父親も母親も、そして自分も、こんな天然腹黒になるように育てた覚えはないのだ。

(なんでなんだ。可愛い、可愛いと言いながら育ててきたんだぞ。人間だから誰だって黒い面は持っているけども、それがなんで急に噴き出してきたんだ……？)

まどかは生真面目な大番頭の表情でお茶を注ぎ足して歩きながら、内心で右へ左へと首を傾げた。

骨上げ、会食と滞りなく終え、家に帰ってからは、お世話になった近所の人たちへ挨拶に回った。家の中は、大広間もすっかりと片づけられ、襖も立てられて、いつもと同じ家中になっている。ただ、居間として使っている和室に、骨壷《こつつぼ》が二つあることだけが違った。

喪主としてやることをすべて終え、夕食もすませた怜一は、どっと押し寄せてきた疲れで、卓袱台に突っ伏した。向かいに座ってテレビを観ていたまどかが、微苦笑をして怜一の頭を撫でた。

「昨日も一昨日も、あまり寝ていないだろう。風呂に入ってもう寝てしまえ」

「んー……。疲れてるんだけど……神経がとがってて、飲まないと寝られない感じだよ。うん、飲もう」

「飲むって、怜一？」

不思議そうな顔をするまどかにいたずらそうな笑みを送り、怜一は台所から日本酒のビンとコップを二つ、持ってきた。まどかが驚いた表情を見せる。

「日本酒？　冷や？　おまえ、飲めるの？」

「古部のおじさんに教わった」

「まったく古部さんは、教えなくていいことまで教えるんだから」

「飲めて損はないよ。わりと飲みの席で、いい品の情報が聞けるからね」

ふふ、と笑い、怜一はコップに注いだ酒をクイと飲んだ。

「えー、なにこれ、おいしい……」

「おじさんが晩酌に飲んでた酒だよ。一升で一万近くする名品だ」

「そうなんだ？　もっとやっすいの飲んでると思ってた。なんだ。生きてたら付き合えたのにな」

「今あげてくればいいじゃないか。まだこのへんにいるはずだから」

うん、と怜一は答え、後飾りの祭壇にコップ酒を供《そな》えた。茶の間へ戻ると、まどかがちびちびと酒を舐めている。あれ、と怜一は思った。

「まどか、日本酒、駄目なんだっけ？　ビールあったかな」

「いや、酒も飲めるよ。まだやることがあるからさ、酔えないわけ」

「なに？　手伝うよ」

「いや、怜一は飲んで寝ろ。言うと気にすると思ってたから黙っていたけど、顔色が悪いんだよ。眠れなくても横にならないと駄目だ」

「あー。……眠くならないんだけど、体には負担がかかってるんだねぇ。ほどよく飲むよ。酔いが回るといいんだけどね」

ほどよくと言いながら、怜一はくいくいと酒を流しこむ。まどかは、ふだんなら止めるところだけど、今日は仕方がない、と思った。飲まずにはいられない日もあるのだ。そう思ってまどかもコップを口に運ぶと、小さな溜め息をこぼして怜一が言った。

「今日の叔父さん、ひどかったねぇ。よりにもよって、火葬場でお金の話だもの。実の兄が死んだっていうのにね。僕から白紙委任状でも取るつもりなんだろうか」

「予想はしていたけど、がっかりだな」

まどかも眉を寄せて言った。

「仲が悪い兄弟ではなかったと思うんだけどな。ま、よくはなかったけど」

「そうね。遠縁の距離感だったたね」

「うん。でもおじさん……、ああ怜一のお父さんな。そのおじさんはそうは思ってなかったと思うよ。親戚たちへ貸したお金、返せと催促はしていないから」

「え？」

なにそれ、というふうに怜一は顔を上げた。

「叔父さん、父さんに一円も返していないってこと？」

「叔父さんだけじゃないよ、伯母さんも、下の叔母さんも返していない」

「うわぁ、ひどいね……」

「俺はおじさんから、あげたつもりだから、そのつもりでと言われている。要するに、催促するな、怜一にも教えるなと、そういうことだと理解しているよ。こうなってしまったから怜一に話したけど」

「いや、話してくれてよかったよ。みんな、どれくらい父さんから借りてるの？」

「叔父さんが三百万。上の伯母さんが五百万、下の叔母さんは百五十万」

「下手なマンションの頭金にできる金額じゃない」

怜一は心底呆れて頭を振った。それを一円も返さずに平気な顔でいられる神経がわからない。

「それでさらに父さんの遺産をかすめ取ろうとしているんだものねぇ、我が親戚ながら恥ずかしいや」

大して恥ずかしいと思っていないふうに、おっとりと怜一は言った。これは一線を引いたな、とまどかは思った。怜一の中で親戚は、近所の困った人たちと同じ、つまり他人同然になったのだ。天然腹黒に拍車がかかりそうだと思っていると、空になったコップに酒を注ぎながら、怜一が言った。

「ウチが駅前ビルとマンションを経営していることは、叔父さんたちは知らないよね」

「知らないはずだよ。ビルもマンションも怜一のために建てたんだから、言うわけがない」

「……え、どういうこと？」

「おじいさんが亡くなった時も、やっぱり相続税が大変だったんだ。将来、怜一に同じ苦労はさせたくないからって」

「え？　つまり、いつか僕が払うことになる相続税分を、貯金してたってこと？」

「貯金じゃそこにまで税金がかかるだろう。そうじゃなくて……、まあそれはおいおい教えるよ。とにかく、相続税に関しては心配することはない。払えるだけの現金はある」

「……なんかウチってお金持ちなんだね。知らなかった」

「親戚たちに言ったら駄目だぞ」

「言わないよ。家に白アリを招くようなものじゃない」

ひどいとも思わずひどいことを言って、くすくす、と怜一は笑った。

「資産？　とかそういうのは、まどかと会計士しか知らないんだよね。じゃああとは、相続税をどこから捻《ひね》りだしたか考えなくちゃね」

怜一はまどかのコップに酒を足し、空になった自分のコップにもなみなみと注いだ。これで三杯めだ。ピッチが速すぎると思ったまどかは、冷蔵庫からチーズと漬物を持ってきて、ポンと怜一の頭を叩いた。

「ほどほどに飲むんじゃなかったのか？」

「え？　ほどほどに飲んでるじゃないか」

「ピッチが速すぎる。疲れていろいろ感覚がおかしくなってるんだろう。食べながら飲みな」

「ああ、うん」

そう言われればピッチが速いかなと思い、怜一は素直にうなずいた。お手伝いさんお手製の糠漬《ぬかづ》けをつまみ、クイッと酒を口に含んだ怜一は、あー、おいしい、と呟いた。

「刺身と一緒に飲んだら最高だろうね。鯛《たい》か平目《ひらめ》。頼んでおこう」

「……俺の可愛い怜一が」

「え？　なに？　あ、あと叔父さんを黙らせるために、お金を貸した証拠が欲しいなぁ。父さん、銀行振込で貸したんでしょ？　通帳は残ってるの？」

「もちろん、残してあるよ」

「じゃあ問題ないね」

のほほんと言う怜一を、まどかはじっと見つめて言った。

「怜一はおっとりしていると思っていたけど、中身はかなりキツいんだな。知らなかったよ、本当に、二十年もそばにいるのに」

「キツい？　僕が？　そうかなぁ？」

まどかとこの家を守ろうとしているだけなんだけどなぁと若干心外に思いながら、怜一は肘をついた手でコップをゆらゆらさせて、考え込むような表情で答えた。

「ぼんやりしてるっていう自覚はあるけど。だから思ってることを、後先考えずに言ってしまうんだよねぇ。あ、だからキツく見えるの？　腹に収めておかないから？」

「いや……、ほら、食べながら飲めって」

まどかは怜一の口にチーズを放りこんで微苦笑をした。本当に後先考えていなかったら、火葬場で叔父にあんなバツの悪い思いはさせられないだろう、と思った。つまり、相手によって腹に収めたり収めなかったりしているのだ。今まで気づかなかったが、怜一は本当に天然で、本当に無自覚に腹黒い。

俺の可愛い怜一が、とまたしても思ったまどかが、溜め息を酒とともに飲みこむと、怜一は難しい表情で言った。

「遺産相続のあれやこれやとはべつに、僕はもう、『藤屋』の四代目になってしまったしさ。従業員のことを考えたら、簡単に店を閉めるわけにはいかないでしょ。それにここはまどかの家でもあるんだし、手放すわけにはいかないよ」

「いや、俺のことは……」

「まどかの家だよ。それに僕は絶対、まどかを手放さない」

「……」

まどかが困ったような表情を見せた。その顔、どういう意味、と怜一は思った。まさかこの家を出る、自分から離れていくという意味ではないだろうなと不安な考えが頭をよぎったが、尋ねたら聞きたくない答えが返ってきそうで、あえてなにも聞かなかった。

「ともかくさ。この家を取られない、まぁつまり、叔父さんに口を挟ませないためには、借金のことを持ち出すのが一番手っ取り早いと思うんだよね」

「手っ取り早いって、怜一……」

「もちろん、叔父さんが強欲なことを言ってこなければ、僕だって借金のことは言わないよ。なんていうの？　足を踏まれたら殴り返す？　そういうことだよ」

「ああ、うん……」

ふつうは踏まれたら踏み返すんだ、と思ったまどかは、やっぱり怜一はキツいな、とも思い、「可愛い怜一イメージ」をまた少し崩した。

沈黙が落ちる。チーズと漬物をつまみに怜一はコクコクと酒を喉に流しこむ。空になったコップにまた酒を注ぐ怜一に、まどかは溜め息をこぼして、怜一の手を止めた。

「怜一、飲みすぎだ。もう駄目、注いだ分で打ち止めにしろ」

「ああ、うん」

怜一は空返事をすると、半分酒の入ったコップを口に運ぼうとして、ふとその手を止めた。真っすぐにまどかを見つめて怜一は言った。

「まどかが」

「俺？　なに」

「大学進学を諦めて、高卒でウチの仕事に就いたのも、今なら理由がなんとなくわかるなって……」

「怜一。俺は進学を諦めたんじゃない、もともと大学にいく気はなかったんだよ」

「だから、大学にいく気がなかったっていうまどかの気持ち。……今なら、わかるって言ったんだよ。まどかは優しいから、呆れるほど世間知らずの僕を、放っておけないと思ったんだなって。父さんと母さんが死んで、信じられないくらい一瞬で『藤屋』の四代目になっちゃって、なのにあれもそれもなんにもわからなくて、自分が泣きたくなるほど子供だって思い知ったから、わかる」

「……あと三十年は、わからなくてよかったと、俺は思うよ」

「三十年経ったら、僕は五十三になってるじゃない。それって要するに、まどかの優しさに一生気づかないってことだよ。手遅れの馬鹿じゃないか」

怜一はふふふと笑うと、クイと酒を呷《あお》って言った。

「安心してね、まどか。ずっとこの家にいていいんだから。父さんに代わって、これからは僕がまどかを守る。ここは僕とまどかの家なんだから、ずっとここにいてね」

「……、……、怜一が、きちんと目利きできるようになるまではな。ちゃんと番頭としてここにいるよ」

「なんでここで仕事の話？　もう……、まどかって本当に性格悪ぃよ」

「…っ、それでこそ怜一だよ」

天然腹黒に性格悪ぃと言われては笑うしかない。昨日、おとといと人が変わったように意地の悪いことばかり言っていたから、どうしてしまったのだと怖く思っていたが、やっぱり怜一は可愛い。そう思って声をたててまどかは笑った。怜一もくふんと笑うとじっとまどかを見つめ、絶対にまどかは手放さないからね、と思った。


そして葬儀がすんで十日ばかり経った頃だった。怜一が店番をしていると、そろりと店の引き戸を開けて、伊作が入ってきたのだ。父親に遺留されたのを振り切って辞めた伊作だ。今頃、しかも連絡もなしに何事、と思った怜一がちょっと言葉を詰まらせてしまうと、伊作が深く頭を下げて言った。

「坊っちゃん、お久しぶりです」

「あの、ええ、伊作さん、お久しぶりです」

「このたびは旦那様と奥様のこと、まことにご愁傷様《しゅうしょうさま》でございます」

そう言って再び深く頭を下げた伊作は、ひどく悲しそうな表情で続けた。

「もし、よろしければ、お線香を上げさせていただけないかと思いまして……」

「ああ、それでわざわざ？　ありがとうございます、ぜひそうしてやってください、父も喜ぶと思います。すみませんが、表玄関のほうへ回ってもらえますか」

元従業員とはいえ、今は弔問に来てくれたお客様だ。店の通用口から上がってもらうのも気が引けて、母屋の表玄関から家に上がってもらった。父と母、二人の骨壷を置いてある後飾りの壇に線香を上げた伊作は、怜一が少し困るくらい長い時間、手を合わせてくれた。お手伝いさんが運んできてくれたお茶を飲みながら、ひどく申し訳なさそうに伊作は言った。

「人づてに、旦那様と奥様のことを聞きましたのが、数日前のことでして……、ご葬儀にも参列できずに、申し訳ございませんでした」

「ああ、いえ、こちらこそすみませんでした」

自分より四十歳近く年上の伊作に頭を下げられて、怜一は恐縮して答えた。

「伊作さんにも連絡をしようと思ったんですけど、引っ越されていて連絡先がわからなくて。こうしてわざわざ来てくださって、父も母も喜んでいると思います」

「そうだといいのですが……。わたしがこちらを辞めさせていただくその日まで、旦那様には大変によくしていただいて……」

涙声で言う伊作が店を辞めたのは、怜一が大学二年の時だから、会うのは四年ぶりとなる。

伊作は指先で目頭を拭うと、しみじみと怜一を見た。

「あんなにおっとりとなさっていた坊っちゃんが、すっかりと旦那らしいお顔つきになって……」

「いえいえ、『藤屋』を継いで、まだ一週間ですよ。とても旦那顔なんかできません。父はもういませんが、従業員には、若旦那と呼んでくれとお願いしてるんです」

「そうですねぇ、坊っちゃんのお歳で旦那は、少しこう、嫌みを感じますからねぇ。奥様を貰われるか、もう少し体にお肉がついてからが、旦那と呼ばせる頃合かもしれませんね」

「あ、恰幅《かっぷく》がよくなってからね」

うふふ、と怜一は笑った。二十歳過ぎの男とは思えない可愛らしい様子に、伊作は昔を懐かしむような表情を浮かべた。

「坊っちゃんが小さい頃を思い出しますねぇ。キャッチボールもバドミントンも、いつもお相手はわたしでしたねぇ」

「伊作さんだけでしたね、忙しいのに僕を構ってくれたのは。近所に友達がいなかったものだから、つい甘えて」

「幼稚園もその上の学校も、ずっと遠ございましたからねぇ。それにほら、まどかさんと二人で、よく蔵に入って」

伊作がふふと笑った。怜一も、そうだったなぁと思った。小さい頃は、父親と伊作しか入れない蔵が特別な場所のように思えて、よく蔵に品を収めに行く父親のあとをついては、入っていた。さわることは禁じられていたから見るだけだったが、ともかくも本物ばかりを見ていたから、目の肥やしになっていたのだろう。いつの間にか、宝石なら石の種類や一カラットいっているかいっていないか、時計なら文字盤の日焼けやベルトが純正か後づけかなど、質屋が査定をする時に注目する箇所をよく見るようになっていた。

もちろん、品に憑いている各種いろいろなものも見ていたが、まどかから、見えていることは誰にも言わないように、と子供の頃から注意されているので、たとえば絵皿に描かれた鯉の目がギョロギョロ動いていたとしても、まどかのためを思って、これまで誰にも話したことはない。子供向けに作られた特撮ヒーロー番組やアニメーションで、特異な能力を持ったヒーローが最初は迫害される、というストーリーをよく観ていたから、まどかの「スゲェ力」のことを話したら、まどかが迫害されると思っていたのだ。

(子供の頃は一日中、まどかと一緒にいたから、霊感が移っちゃったんだよねぇ)

学校に通うようになって、そばにまどかがいない時でも、なにかしらがぼんやりと見えてしまうことがあったので、「スゲェ力」が伝染したのだとわかった。それと同時に、「スゲェ力」は人から馬鹿にされ、呆れられ、嘘つき呼ばわりされ、あるいは怖がられるということを身をもって知ったので、まどかの言ったとおり、人に言ってはいけないことなのだと理解したのだ。

（今も、まどかと僕、二人だけの秘密だ）

それがなんともいえず嬉しくて、ふふ、と小さく笑った怜一に、伊作もなにを思ったのか、柔らかな微笑を浮かべて言った。

「本当にまどかさんは仕事の覚えもよくてねぇ。昔は丁稚《でっち》が入ると、蔵で寝起きさせて目を肥やしたってことですから、蔵での遊びがよかったんですかねぇ」

「え、ああ……、質屋の子は質屋ってことでしょうね。小学生の頃から、親が商売をしている子は、みんな親の仕事についてはよく知っていましたよ。小学生が売り掛けとか粗利《あらり》とか、旋盤《せんばん》とかトルエンとか、はたまた確定申告とか査察とか、日常会話で使ってましたからねぇ。僕なんか失礼にも、同級生のお母さんの指輪を見て、三分のダイヤですか、オモチャですねって言ってしまったことがあります」

聞いた伊作が声をたてて笑った。

「それは知らなかった、大旦那様はお怒りになったでしょうっ」

「そりゃあもう、こっぴどく叱られましたね。頼まれてもいないのに物の値打ちを計るのは泥棒のすることだって。父からゲンコツを貰ったのも大声で叱られたのも、あれが最初で最後でした」

「頼まれてもいないのに値打ちを計るのは泥棒のすること、ですか。大旦那様らしいおっしゃりようですねぇ。本当にいつも、人様のためを考えるおかたで……。だいぶん昔になりますが、一円にもならないような使い古した鍋やフライパンを持ちこんだ奥さんがいましてね。大旦那様は千円、用立ててらした」

「へえ？　またどうして千円ですか」

「働きづめで疲れきったような奥さんでした。働いているなら二十五日が給料日だろう、給料日まであと二日。千円あればその二日を食い繋げるだろうってことでした。果たしてその二十五日、奥さんは鍋を引き取りに来ましたよ」

「……父さんらしいな……」

初めて聞くエピソードだ。品に用立てるのはもちろん、人情にも用立てていた父らしいと思った。微笑を浮かべた怜一は、小さなことまでよく覚えている伊作に、しみじみと言った。

「伊作さんが辞めてから、父は本当に困っていました。伊作さんは父の片腕でしたから。……あれから、どうなさっていたんですか。もし、差し支えがなければ……」

「ああ、はい……、『藤屋』の坊っちゃんにこんなことを言うのは憚《はばか》られますが……、実は『玉屋《たまや》』さんの買取専門店に勤めておりました」

「ああ、『玉屋』さんですか。全国チェーンで大きなお店ですもんね。伊作さんの目利きは確かだし、『玉屋』さんも喜んで迎えてくださったことでしょうねぇ」

『藤屋』ほどではないが、『玉屋』も古い質店で、数年前から全国に買取専門店を拡大している。大ベテランの伊作なら、よい待遇で迎えられたことだろう。福利厚生の面でも、ウチより『玉屋』さんのほうがよかったんだろうなと怜一は思った。怜一が伊作の転職理由を勝手に想像して勝手に納得して、うんうんとうなずいていると、坊っちゃん、と伊作が声をひそめて言った。

「先ほどお勝手口からお伺《うかが》いしましたところ、坊っちゃんがお店に出ていると聞きまして……」

「ああ、それで店のほうに回ってくれたんですか」

「はい。それで、その……、お店の旦那が、自ら店番に出るなんて……、わたしは聞いたこともなくて……。坊っちゃん。『藤屋』はただ今、人を雇えないほど困っていらっしゃるんですか」

「ええ？　ああ、いえいえ」

深刻な表情で言いにくいことを言って心配してくれる伊作に、怜一は朗らかに笑って答えた。

「それ、大番頭にも言われました。旦那が店に出るなんて聞いたことがないって。第一に危ないし、『藤屋』としての面子《メンツ》もあるって、さんざん叱られましたよ」

「そうでしょうとも」

「でもねぇ、僕は店での仕事が好きなんです。本当は父のように、会合や研修にちょくちょく顔を出さないといけないとわかってるんだけど、やっぱり店で、お客さんと品をとおして気持ちのやりとりをしたいというか」

「坊っちゃん、気持ちのやりとりなんて言っていたら」

「わかってます、同情から、損するような用立てはしていませんよ。ただ、お客さんと品の関係というか、どんな品で、どんな気持ちで持っていらしたのかなとか。本当に困ってやむにやまれず大事な品を預けに来てくださったのか、要らないものを捨てるよりはと持ってきただけなのか。そういうねぇ、まぁお客さんには関係ないことなんだけど、僕の心の中でのやりとりというかね。そういうことが楽しくて。わがまま言って、店に出してもらってるんです」

「ええ？　そうするとあれですか、坊っちゃんが一日中、店番を？」

「いえ、まどかがいるので。途中で交替してもらってます」

「えっ、まどかさん、まだこちらにいらしてんですかっ」

伊作が目を見開いた。怜一がびっくりするくらいの驚きようだ。なにをそんなに、と怜一のほうも驚いてしまい、わずかに身を引いて言った。

「いますよ、ここはまどかの家ですから……」

「ああ……、ああ、いえ、申し訳ありません、まどかさんももう三十歳におなりでしょうから、てっきり暖簾分けをして独立しておいでだと……」

「ああ」

伊作の驚きの理由がわかり、怜一はおっとりとうなずいて答えた。

「今の大番頭は、まどかなんです。家のことも店のことも、まどかがいないとどうにもならないので」

「そうでございましょうねぇ、坊っちゃんお一人ではねぇ……」

「ええ。まどかには僕の食事休憩の時だけ二時間ほどこっちにいてもらって、ふだんは駅前店を任せているんです」

「そうですか……、あのまどかさんが大番頭にねぇ。昔から覚えがよくてしっかりなさってましたからねぇ、立派に大番頭を務めてらっしゃるんでしょうねぇ。本当にあのまどかさんがねぇ……」

伊作は目を細めて、昔を思いだすようにしみじみと言った。

ふと沈黙が落ちた。怜一はゆっくりとお茶をすすりながら、まどかにも伊作が来ていることを伝えたほうがいいかなぁと考えた。まどかに仕事を教えたのは父親だが、それは経営側としての知識や心構えで、客とのやりとりや品の目利きなど、実務に関しては伊作が教えていた。世話になったことだし、まどかも伊作に会いたいと思っているかもしれないと思ったが、仕事中に私用で呼びだすのもなぁ、と悩んでいると、伊作がスッと自分の茶器を横にずらした。さらに座布団まで外したので、いったいなにを言いだすつもりだろうと怜一が目を見開いた時だ。畳に手をついた伊作が、真剣な声と表情で言った。

「こちらを一度辞めた身で、こんなことを申せる立場ではございませんが」

「あの伊作さん、頭を上げて……」

「もしよろしければ、わたしをこちらで、アルバイトでもいいので、雇っていただけませんでしょうか」

「……えっ」

それこそ、お金を貸してくださいと言われるほうが、まだ驚かないという伊作の申し出だ。

怜一はますます目を見開き、卓袱台に身を乗りだして伊作に尋ねた。

「でもだって、伊作さん、『玉屋』さんにお勤めなんでしょう!?」

「いえ」

伊作は頭を上げると、真っすぐに怜一を見て、真摯《しんし》な眼差しで答えた。

「大旦那様が亡くなられたと聞いて、わたしは坊っちゃんのことが心配で……、なにかのお役に立てるならと、『玉屋』は辞めてまいりました」

「えええっ」

「先々代には質屋として育ててもらった恩が、先代には大番頭につけていただいた恩があります。その恩をお返しするのは今しかないと思うのです」

「……でも……」

伊作の言い分はちょっと聞く分にはわかりやすい。けれど怜一は引っかかる。責める口調にならないように、気を遣いながら尋ねた。

「祖父や父をそんなに思ってくださっていたんなら、どうしてウチを辞めたりしたんですか……？　ずっとウチにいてくれたら、父も助かったと思うんです……」

「……そう思われますよね。ごもっともです。こちらを辞めさせていただく時も、大旦那様には本当の理由は申しませんでしたし……」

「教えてくれますか。ウチを辞めた本当の理由」

「……実は、まどかさんなんです」

「まどか？」

ここで上がってくるとは思わなかった名前に、怜一はわずかに眉を寄せて聞き返した。伊作はギュッと唇を引きしめると、思いきったように打ち明けた。

「十八で見習いとして仕事を覚え始めたまどかさんは、それはもう目利きの筋がよくて。小さい頃から坊っちゃんと蔵に入っていたからですかねぇ……。それにお若い分、流行についてもよくご存じで。わたしなんかは古くからあるブランドの価値しかわからない。新しくできたブランドで、それが若い人によく売れるなんてことを知らなくてね……」

「ああ、リサイクルショップ向けの品ですね」

「そういうことは逆にまどかさんから教えていただくような有様で。それに、大旦那様がまどかさんに、葉山のお宅の勘定のことまで教えていらっしゃるのを見聞きしてしまいましてね。いつかはまどかさんが大番頭につくんだろうと思いました。そうなった時に、わたしは若いまどかさんの下で働くことはできないと、下手な矜持《きょうじ》が邪魔をしまして……」

「ああ……」

「いつかよその店で働くことになるのなら、早いうちがいいだろうと、そんな手前勝手な考えでこちらを辞めさせていただいたんです」

「そういうことだったんですねぇ」

怜一はこっくりとうなずいた。伊作の気持ちはよくわかると思った。どんな店でも会社でも、年下の上司の下で働くのはいやだと考える人はいる。伊作の場合、大番頭の地位を追われるという屈辱もあったろう。もっとも怜一は、父親がそんなことはしなかったはずだという思いがある。父親はまどかを、大番頭にしたくていろいろ教えていたのではない、葉山の家を取り仕切れるように、大げさに言えば、家令になれるよう、いろいろと教えていたのだと思っている。

(実際僕は、父さんたちが亡くなった時、あちこちへ連絡をするにも、住所録のある場所すら知らなかったし)

生命保険証のありかも印鑑のありかも通帳のありかも知らなかった。だが父親は、まどかにはそういうことを教えていたのだ。それは従業員の長である大番頭に教えるものではない。

葉山の家の者が、葉山の家の者に教えることだ。

（でも伊作さんが勘繰《かんぐ》ってしまったのも理解できる。まどかは本当の意味で、葉山の家の者ではないのだし）

怜一はふうと小さな溜め息をこぼし、目の前の覚悟を決めてきた男の顔を見つめて考えた。

（僕、というより、『藤屋』を助けたくて仕事まで辞めてきてくれた伊作さんだ。人手は足りているからと断るのも気が引ける……）

なにしろ子供の頃からよくしてもらったから情がある。父親が長年大番頭として使い、信頼していたくらい目利きは確かだし、伊作と交替で質屋の店番をすれば、まどかを駅前店の仕事に集中させてやることもできる。怜一はうんと小さくうなずいて、伊作に言った。

「人手が不足しているわけではないので、社員として来ていただくことは難しいんですが、それでもいいですか。つまり、アルバイトという待遇になるので、お給料もがくんと下がってしまうんですけど……」

「それで十分です、坊っちゃんのお役に立てるなら。お庭の掃除でも蔵の手入れでも、なんでもいたします」

「いえそんな。僕としては、午後の一時から閉店の七時まで店番をお任せしたいなと思っているんです。午前中は僕が店に出ますから。そうすればわざわざまどかにこっちへ戻ってきてもらわなくてもすむし」

「またわたしをお店で使っていただけるんですか……、ありがとうございます、坊っちゃん、ぜひお願いいたします」

「まどかが大番頭ですけど、それは……」

「ああ、いえもう、わたしはアルバイトですから、まどかさんだけではなく、ほかの従業員の指示に従うことには、もうなんとも思いません」

「それならいいんですけど……」

「はい。なにとぞ、よろしくお願いいたします」

再び深く頭を下げた伊作を見ながら、怜一は、まどかに相談したほうがよかったかな、と今さら少し不安になった。なにしろ店を取り仕切るのが大番頭の仕事で、従業員の面接だって大番頭がするのだ。

(でも伊作さんだし、まどかだって理由を聞けば反対はしないよね)

なにしろ昔は本当に仲がよかったのだ。

その伊作も帰り、夕食の時間となった。タイミングよく、まどかも食事に戻ってきたので、伊作のことを話すのにちょうどいいと思い、怜一は鰹《かつお》のたたきを口に運びながらまどかに言った。

「今日さ、伊作さんが線香を上げに来てくれたんだ」

「……来たのか？　伊作さんが？」

それまで穏やかだったまどかの眉間に、ふっとしわが寄ったので、なんだろうと不思議に思いながらも怜一は続けた。

「うん、来たんだ。それで、ウチが大変だと思ったらしくて、手伝いたいと言ってくれたんだ」

「怜一。まさか……」

「うん。僕の交替要員として、午後からのバイトとして来てもらうことにした」

「あいつ……っ」

まどかがうなるように言った。怒ったのだ。まどかがこんなふうに感情を露《あらわ》にすることは稀《まれ》なので、怜一は驚いてまどかを見つめてしまった。まどかは険しい表情で宙を睨《にら》み、低い声で吐き捨てるように言った。

「おじさんが亡くなったと知って来たんだろうけど……、どのツラ下げて…っ」

「あの……、まどかは、伊作さんを雇うこと、反対なの?」

「ああ、反対だ」

「でも、あの……、伊作さんは、父さんが亡くなったと知って、ウチが大変だろうからって、仕事まで辞めてきてくれたんだ。じいさんと父さんへの恩を返したいって」

「なにが恩だっ、よくもそんなことが…っ」

「なに?　どうしたの?　伊作さんは目利きは確かだし、僕たちにもよくしてくれた人じゃないか。無下《むげ》にはできないよ」

「……っ」

怜一がそう言うと、まどかは一瞬、瞳に激しい怒りをひらめかせた。う、と怜一は息を呑んだ。まどかの全身から、赤色のオーラのようなものがモヤッと立ち上ったのが見えたからだ。怒鳴るかな、と身構えたが、まどかはいつものように、激しい感情を抑えこんでしまった。表情は険しいままだったが、黙って箸を口に運んだのだ。激情を白米とともに飲みこもうとするように。いつもこうだ。まどかは思っていることを言葉にして外に出さない。怜一は心の中で溜め息をこぼすと、穏やかに言った。

「ねえ。言いたいことがあるんなら、ちゃんと言ってよ。言ってくれないとわからないよ……」

「……そうか？　怜一はいつも言うだろう。俺の目を見れば考えていることくらいわかるって」

「そりゃ、……まどかが怒っていることはわかるよ。でも理由がわからない」

「言う必要はない。俺は『藤屋』の番頭で、怜一は旦那だ。旦那の決めたことに、番頭風情が差し出口は挟みませんよ」

「まどか、そんな言い方、…」

「ごちそう様。駅前店に戻る」

「まどか……」

半分も食事を残して、まどかは席を立ってしまった。伊作のことについて、怜一と話す気もないということだろう。怜一は箸を持った手を力なく卓袱台に置き、深い溜め息をついた。

「あんな怒ったまどかなんて……、初めて見た……」

あれほど怒らせたのは自分だ。しかもまどかは、これまで一度も口にしたことのない、主人と使用人という線まで引いて、怜一を拒絶した。家族の縁を切ると言われたくらいのショックだ。

「でも、どうしてなの、まどか……、なんで伊作さんのこと、そんなに嫌うんだ……」

四年前までは、たしかに良好な関係の二人だったのに。まどかの怒りの原因がわからず、怜一はただ困惑したのだった――。

ふわりと鼻腔をかすめた藤の香りで、怜一は長い物思いから我に返った。卓袱台に着いていることも、夕食を食べていることも、目の前にまどかがいることも物思いの中の情景と同じだが、あれから一年が経っている。

(でも、まどかの伊作さん嫌いは変わらず、だ……)

その理由も、未だに教えてもらっていない。

(考えられるのは、伊作さんがウチを辞めた理由の、逆バージョンかな、ていうくらいだ……）

つまり、元大番頭がいると、現大番頭としては、緊張するとか気を遣うとか、あるいはやりづらいとか、そういう気持ちがあるのではないかということだ。本当に今さらだが、まどかに相談もなしに伊作を雇ったことは失敗だったな、と考えていると、思いだしたようにまどかが言った。

「もうすぐおじさんとおばさんの一周忌だ。どうする？」

「どうするって……」

怜一は伊作のことをとりあえず心にしまうと、ちらりと両親の遺影に目をやり、困ったように溜め息をこぼした。

「親戚の手前もあるし、葬式の時と同じように、坊さんを派遣してもらって、会食くらいはしよう」

「うーん……、親戚の手前っていう理由だけなら、やらないほうが無難《ぶなん》だと思うんだけどなぁ」

「怜一」

「だってさ、やったらやったでうるさいよ。まどかだって葬式の時のこと、覚えているでしょ？」

「ああ、うん……」

今度はまどかのほうが困った顔をした。あの昼ドラのようなドタバタを、まどかだってよく覚えているのだ。

（叔父さんたちを呼んだら、どうせまたまどかのことをあれこれ言うに決まっているもの。でも、まどかは手放さないよ。誰にもあげないし、僕のそばからいなくなることなんか許さない）

怜一はフンと鼻から息を抜くと、次にはキュッと口をとがらせた。

（まどかもまどかだ。とっくに忌《いみき》だって明けてるのに、どうして僕に手を出さないんだろう）

あんなに熱い目で見つめてくるのに。あんなに甘い眼差しで、怜一、と呼ぶくせに。

怜一は小さな溜め息をこぼすと、夕食のおかずの鶏の竜田揚《たつたあ》げをカシッとかじった。一年間も好意がダダ漏れの目で見られて、気づかないとでも思っているんだろうかと不思議に思う。あるいは……。

（『可愛い怜一』に手を出しづらいってことかなぁ……）

兄同然だから、弟同然の怜一には手を出せないということかな、と思った。

（…まどかが我慢できるなら僕はいいんだけど。ただの彼女なら僕も見逃してきたけど、もし結婚相手を見つけようとしたり、僕から離れようとしたら……）

もちろん、許さない。どんな汚い手を使ってでも、まどかを自分のそばに置いておく。

そう思ってこっくりとうなずいた怜一は、こんな黒い考えを持っているとは思えないほど、傍目《はため》にはぼんやり見えて可愛いのだ。見事に騙《だま》されているまどかが、サラダを箸につまんで言った。

「で、一周忌な」

「え、あ、うん。えぇー、やるのー？」

「やるよ。葬式の時と同じ、坊さんを派遣してもらって、駅前の料理屋で会食する。一周忌まできちんとやれば、義理も果たせるし世間体も保てるだろう」

「果たすような義理はないのに。……ああ、そうか。冠婚葬祭系こそちゃんとやらないと駄目なのか。やらなければ叔父さんに付け入る口実を与えるようなものだものね。こういうこともちゃんとできない怜一は放っておけないとかさぁ、僕の代わりに取り仕切れない大番頭なんか必要ないとかさぁ、うん、言いそうだ。そういうところにまで気が回るなんて、さすがだねぇ、まどか」

「……そういうつもりで一周忌をやるわけじゃない。供養《くよう》だろう、おじさんとおばさんの」

溜め息をついたまどかがわりとキツい口調で怜一を叱ったが、怜一はごはんを口に入れると、ふふ、と笑った。

「仏教徒じゃないのに、坊さん呼んで供養になるのかなぁ」

「仏壇があるじゃないか。位牌だって」

「神棚もあるけどね」

「怜一、……」

「はいはい、まぜっ返してごめん。とにかく僕はそういうのわからないから、まどかに任せるね。あ、料理と部屋はわりといいのにしてね。そういうことで文句を言われるのはまどかだから」

「俺はなにを言われても平気だよ」

「僕がムカつくから、いや。まどかだって、いろいろ醜《みにく》い人に僕がネチネチ言われたらムカつくでしょ？」

「……っ、いろいろ醜い人って……っ、ひどい言い様だな……っ」

「なんでそこで笑うの？　本当のことじゃないか」

「怜一らしいっ、表現だと思って…っ」

「だってほかに言いようがないでしょう」

「そうだけどもさ…っ」

まどかは腹を押さえて苦しそうに笑っている。そんなに面白いなら大声で笑えばいいのに、なんでこんなところまで我慢するんだろう、と内心で首を捻った。叔父さんは心根の醜い人の見本のように、心底からいろいろと醜い人だから、醜い人と言っただけなのに、なにがそんなにおかしいのかなと不思議に思っていると、やっと笑いを収めたまどかが、ふう、と小さな息をついて、優しい目で怜一を見つめながら言った。

「まあ、一周忌が終わればな。心配もなくなるしな」

「心配って、なに？」

「俺じゃなければできないことが、なくなるってこと」

「……どういう意味？」

「うん？　一人でも大丈夫になるって意味だよ。旦那としての自立。しなくちゃ駄目だろう？」

「自立かぁ、そうだよねぇ」

のんびりと言ってまどかを苦笑させた怜一は、食事を進めるまどかを、すぅっと細めた目で見つめた。

（一人でも大丈夫、だってさ。そんなに僕から離れたいんだ）

へぇ〜、ふぅ〜ん、と心の中で思った怜一は、さてどうしてあげようかなぁと、おっとりのんびり顔で考えた。自分からは逃げられないのだということを、しっかりはっきりわからせなくちゃと思った。

夕食のあと、まどかは九時に閉店する駅前店へ戻っていった。そうして十時頃に帳簿を抱えて戻ってきて、茶の間でそれらを付けるのが日課だ。怜一はお茶をいれると、帳簿付けをするまどかの姿を見て微笑を浮かべた。

「……指で文字を追いながら確認するところとか、父さんにそっくりだね、まどか」

「うん？　ああ、そりゃ大旦那に仕込まれたんだから、似るだろう」

「まどか。従業員のいないところでは、父さんのことを大旦那とか言わないでよ。お願い」

「ああ……、ごめん」

「まどかはウチの子なんだから」

「うん。ごめんな」

「……」

優しく謝ってくれるまどかに、怜一は口をとがらせてお茶をすすった。

カリカリとペンが帳面を走る音が、静かに茶の間を満たす。卓袱台に頬杖をついてまどかの手を見つめていた怜一は、昼間、店に持ちこまれた腕時計のことを思いだした。

「ねぇまどか。今日、まどかが駅前店から持ってきた腕時計さぁ。あのカビみたいなもの、古い血の跡みたいで、恐ろしかったねぇ」

「……そうか」

「まどかはほかになにが見えた？　怨念ぽいもの？」

「なんにも見えなかった。いつも言っているけど、俺には霊感はないんだよ。そういう能力があるのは怜一だ」

「隠さなくったって……」

「隠してない。本当に、俺には霊感はないんだ」

「じゃあなんで、いつもおかしな品を持ってくるの？　まどかだって見えてるから、僕に確認に来るんでしょう？」

「そうじゃないよ」

まどかは苦笑して、帳面から顔を上げて答えた。

「俺はおじさん仕込みの目利きをしているだけなんだよ。お客をよく見て、不審な点はないかとか。お客と品の釣り合いが取れているかとか。おかしな客だと思ったら、持ちこまれた品を怜一に見せているんだ」

「そんな理由であんな品ばっかり持ってくるわけないもの。なんで僕にまで嘘つくの」

「嘘じゃないって。そんなむくれるな」

むう、と子供のように口元をふくらませた怜一を見て、しょうがないなぁ、でも可愛いなぁと思いながら怜一の頭を撫でたまどかは、ふと、意地の悪い考えが浮かんで怜一に尋ねた。

「もし、あの時計を持ちこんだのが親戚だったら、怜一、どうした？　預かった？」

「んー……。可愛がってもらった記憶はないけど、親戚は親戚だから、預かることは預かると思うよ。続柄特別価格で五万かなぁ」

怜一がそう言ったとたん、まどかが大笑いをした。

「定価八百万の時計だ、それを五万だもんなっ、あの叔父さんだったら怒り狂うだろうな…っ」

「本来なら預からない品だよ。五万が不満ならよそへ持っていけばいいじゃない。あの血みたいなカビが見えない質屋なら、二百七十万くらいは用立てるでしょ」

「ああ……血みたいなカビ、か……」

「そう。だからもしウチで預かったとしても、裏の蔵行きだけどね」

裏の蔵とは、祖父の代まで使っていた古い蔵だ。跡を継いだ父親が、空調も防犯設備も最新式の蔵を建ててからは、値段のつけようがない古道具や民芸品を収めていたが、さらに怜一が跡を継いだ一年前からは、因縁がよくないと感じた品や、怨霊のようなものが憑いている品を古い蔵に移して、閉じこめている。反対に、なんでもない品や、あるいはとても気のいい品は新しい蔵に収めて、これは流れた場合、駅前店で売りに出しているのだ。

そうか、とうなずいたまどかは、帳面付けに戻りながら、内心で溜め息をこぼした。

（その血みたいなカビの腕時計もそうだけども、裏の蔵に放りこんである品を売れば、結構な利益になるんだけどな……）

葬儀の日に叔父が言ったように、今は質屋は斜陽《しゃよう》の商いだ。駅前店は流行のリサイクルショップだが、それだって派手な宣伝をしているわけでもチェーン店でもないので、売り上げはたかが知れている。今や葉山の家の収入は、七割が不動産経営によっているのだ。

（これからビルやマンションのメンテや修繕でお金がかかることだし、銀行からの借入はできるだけ少なくしたい……）

できることなら裏の蔵の品も売ってしまいたい、と思うのだ。

そんなまどかの思いを見透かしたように、怜一が拗《す》ねた口調で言った。

「まどかはさ。昔から、思ってることを言ってくれないよね」

「え、思ってることって」

「僕はまどかを家族だと思ってるよ。でも、まどかの立場に立てば、僕に遠慮するのもわかるしさ。しょうがないと思うけど、ムカムカする」

「…、遠慮なんかしていないよ」

「じゃあ三歩引いてるとか。それか、跡取りのくせにのんびり甘ったれに育った僕をさ、呆れながら立ててくれてるとか。どうせそんなところでしょ」

「どうした、そんな突っかかって」

プクとまどかは笑った。口をとがらせるのは拗ねた時の怜一の癖だ。子供の頃から変わらない。可愛いなと思い、よしよしと怜一の頭を撫でてまどかは言った。

「そんなふうに思ったことはないよ。おじさんには実の子供として育ててもらったんだ。怜一が生まれた時、俺は七歳だったろう？　だから兄貴として分別を持たないとと思ったし、分別を持ってきたつもりだよ。つまり、わがままは言わないってね」

「どうせ僕はわがままな末っ子ですよ」

怜一は頬までふくらませた。とても二十四の男とは思えない可愛いっぷりだ。こんなだから、ますます俺が兄貴的になるんだよ、とまどかは思い、首を振って苦笑した。怜一はズズッとお茶をすすると、上目遣いにまどかを睨んで言った。

「まどかが裏の蔵の品。売りたいと思っていることくらい、わかるよ」

「ああ、そうなのか」

「なに、そんな平然とした顔して。のんびり、ぼやー、としてる僕が、気づいてるわけがないと思ってたんでしょ。だったらびっくりすればいいじゃないか」

「そんなふうに思っていないし、びっくりもしていないよ」

「ほらね。そうやって、本心を隠す」

「……」

怜一がぶすっとして言うと、まどかが困った表情を見せた。怜一は溜め息をついた。

「まどかのそれは、なんでなんだろうね。昔から、見えない壁があるみたいに感じる。五キロくらい幅のある一線を引かれてる感じかな。もう絶対に踏み越えられないの」

「……怜一……」

「でも、目を見ればたいていのことはわかるから、いいんだけど。だから、まどかのそばにいられる今は、まどかのことがよくわかって安心なんだ」

「……、そうか……」

まどかは動揺したように瞳を揺らすと、縁側の向こうへと視線を逃がした。怜一もふふっと笑い、同じように庭へ視線を向けた。

中庭で、見事な花を見せているのは、『藤屋』の屋号の由来である藤だ。母屋から蔵まで長い藤棚が設《もう》けられていて、花期には見事な花房と甘い香りを楽しませてくれる。怜一が小さかった頃は、夜間は真っ暗でなにも見えなかった庭も、ソーラータイプのガーデンライトが出回るようになってからは、それを至る所に設置した。おかげで今では夜の公園程度に明るくて、長い縁側を歩けば、藤はもちろん、躑躅《つつじ》や芍薬《しゃくやく》、杜若《かきつばた》などが楽しめる。

怜一はちらりとまどかを見た。まどかは頑《かたく》なにこちらを向こうとはしない。理由はわかる。怜一に目を見られたくないからだ。怜一は微笑を浮かべて立ち上がった。

「仕事切り上げてさ、藤の花見で酒でも飲もうよ。縁側に座布団、運んどいてよ」

「ああ、花見か。……いいかもな」

まどかから、ほっとしたような雰囲気が感じ取れる。僕はまどかに甘いよねぇと思いながら、怜一は酒と肴《さかな》を縁側に運んだ。

ガラス扉を開けると、花の濃厚な香りが漂ってくる。コップに酒を注ぎながら、夜のほうが香りが甘く感じられるなと思う。うっとりと藤を眺めながら酒を口に運び、怜一は言った。

「……まどかが先のことも考えて、裏の蔵の品を売りたいと思う気持ちは、すごくわかるんだ。お金はあったほうがいいし、品にしろ、蔵に入れっぱなしじゃ宝の持ち腐れだものね」

「……」

「でもさ、本当ギリギリになるまで、あれらを外に出したくないんだ。まどかだって変なものがいっぱい憑いてるの、見てるでしょ？　ああいうさ、手にした人を不幸にするものを、そうとわかってて誰かに譲りたくないんだよ」

「……ああ」

「品をとおして人様のお役に立つのが質屋の仕事なら、預かった品で人様を不幸にしたらいけないと思う。……まぁ、父さんが生きてたら、鼻で笑われる話だと思うけど」

「いや、そんなことはないよ」

まどかは手の中で遊ばせていたコップを口に運ぶと、二口ほど飲んで、言った。

「怜一と同じことをおじさんも言っていたし、やっていた」

「ええ？」

「怜一みたいに霊感で品の選別はしていなかったよ、もちろん。俺がやってるみたいに、お客と品の釣り合いを計っていた。不要な品を持ってきたのか、あるいはお金に困って大事な品を持ちこんだのか、それとも親や妻から無理やり奪ってきたのか、盗品かってね。相手を見れば、たいていわかっていたよ。おじさんは人の目利きもすごい人だった。人を見て、あんまり因縁のよくなさそうな品は断っていたんだ。だから怜一の言うことを笑ったりはしないと思う」

「そうなんだ……、知らなかった……」

怜一は目を瞠《みは》り、それから小さな息をこぼした。

「学生の頃は店での父さんの姿を見たことがなかったしね。というか、店には来るなと言われていたからさぁ」

「それはそうだよ。店に子供が出てきたら駄目だろう？」

「子供って…、ああ、うん、子供だよね。だから、大人になるために修業に出たんだし。……でも大人になって、店に出る前に、父さんは死んじゃったからなぁ。結局父さんの仕事している姿を知らない」

「怜一、…」

「だからさ、まどかから父さんの話が聞けて嬉しいよ」

ふふ、と笑った怜一に、なぜかまどかは苦しそうな表情を見せた。

「ごめんな、怜一……」

「…え？　なんでそこで謝るの？」

「…本当なら、おじさんの背中は、怜一が見るものだったんだ。見て、覚えて……、身に染みこませるのは、怜一のはずだったのに……、おじさんの子でもない俺が独占してしまった……」

「まどか……」

「でも、だけどな。それは決して、俺が『藤屋』の跡を継ごうとか、怜一を差し置いてとか、そんなことを考えていたからじゃない、本当だ、怜一」

ようやくまどかが怜一の目を見た。今の言葉は真実だと、まどかの目は雄弁に語っている。

怜一は、クス、と笑った。目など見なくても、まどかがなにを思い、なにを考えて父親の仕事ぶりを身につけていたのか、わかっている。

「変な心配しなくていいのに。僕はちゃんとわかっているもの。まどかの気持ちも、父さんの考えも」

「おじさんの、考えって……」

「まどかはさ、子供の頃から本当にわがまま一つ言わなかったでしょ。ずっと、長男だから、兄貴だからだと思ってた」

「長男だなんて……」

「まあ、聞いてよ」

怜一は空になった自分のコップに酒を注ぎ、クイと呷って続けた。

「でもさ、自分が高校生になって、これからの進路を考えた時にね。なんていうか……、ああ、そうだったんだって、突然理解したんだよね。まどかが高校へいくつもりはない、中卒で店の仕事に就きたいって言ったのは、父さんと母さんに恩返しをするつもりなんだって」

「……」

「ウチの仕事……、店での仕事もそうだけど、いわゆる経営のこととか、ウチの資産のこととか、とにかく全部父さんから教えられて覚えていたのは、父さんの仕事を手伝うって意味だけじゃなくて、将来は僕を、助けるためなんだって」

そう。本当に高校に進んだ時に理解したのだ。まどかは自分の人生を、怜一の父親と怜一のために使うつもりなのだと。怜一はまどかを兄貴同然と思ってきたが、兄貴と兄貴同然は、まったく違う。まどかからしてみれば、どれほどの時間、どれほど親密に、怜一たちと暮らしてきても、家族にはなれない。怜一も父親たちも、絶対に、他人なのだ。その他人に、なんの見返りも求められず、衣食住と愛情と思い遣《や》りを与えられたら……、お返しには、自分より七つも下の甘ったれた怜一を、支え、助けていくしかないのだと。

「……だからまどかはわがままを言わない。怒った顔やいやな顔をしたことがないし、学校の成績は常に優秀。品行方正で王子様みたい。だけどそれは、兄貴だからじゃなかったんだよね。二十数年、この家で育てられた……、葉山の家の者じゃない、他人だから、そうするしかなかったんだって。僕、十五にしてやっと理解したんだよ」

「……そうか」

違う、と否定せず、まどかは静かにうなずいた。ゆっくりと酒を飲みながらなにかを考えているふうだったまどかは、ふいに微笑をすると、庭に目をやったまま言った。

「怜一ももう子供じゃないしな。立派に旦那を務めていることだし、言ってもいいかな……」

「うん、なに、言って？」

「うん。……早くから店の仕事を覚えたいとおじさんにお願いしたのはさ。怜一が言ったとおり、おじさんたちに恩返しがしたいという考えからだった。おじさんは俺を育てる義理なんか、これっぽっちもなかったんだよ。それなのに本当に大事に育ててくれた」

「だって……、まどかはウチの子だもん……」

「うん。だからさ。正直に言うよ。俺はこの家を出されたら、行くところがない。捨てられたくない、という気持ちが一番強かった」

打算だ、とまどかは言った。聞き分けのいい良い子でいることも、いい成績を取ることも、この家から出されないための手段だった。おじさんにもおばさんにも、そして怜一にも嫌われないように、ずっとこの家に置いてもらえるように、良い子でいただけだ。

「それが事実なんだ。でも、怜一。おまえを将来、助けていきたいと思ったのは、打算でもなんでもないよ。本当に怜一のことが可愛いからだ。怜一にはできるだけつらい思いはさせたくない。いやなことや、汚いことは、俺が全部引き受けたいと思っている」

「そんなに僕が可愛い？」

「可愛いよ。全部、なにもかも。世界で一番、怜一が可愛いよ。世界で一番、怜一が大切だ」

「……」

幸せそうにそう言ったまどかは、絶対に怜一を見ない。見られないんだろうな、と怜一は思った。眼差しは嘘をつけない。兄として弟が可愛いと思っているのではない。折原まどかとして葉山怜一を可愛いと思っている。その気持ちがバレてしまうからだ。隠さなくていいのに、と思って口をとがらせた怜一に、そうとは知らず、まどかは続けた。

「怜一とは七つしか違わないだろう？　だからおじさんが隠居したあとでも、俺が怜一を助けていける、立派な旦那になるまで支えていけると思ってさ」

「うん、もう、思いきり支えてもらっているよね。仕事のことも家の中のことも、まどかがいないとどうにもならないもの」

「それは怜一が覚えようとしないからだろう」

「あれ、丸投げしているの、バレてた？」

怜一は悪怯《わるび》れもせずにそう言ってまどかに溜め息をつかせると、空になったコップに酒を注いで、穏やかにまどかに尋ねた。

「もし、僕がさ。店を継がなかったら、どうしてた？」

「継がないわけがないだろう？　野球するよりサッカーするより、蔵で品を見ることが好きだったくせに」

まどかが呆れたようにプククと笑う。あー、そうだね、とうなずいた怜一は、だってさ、と言った。

「僕は質屋の子供だもの。品を預かった時の父さんの口癖、ウチで預かっている間は、みんなウチの子、だから大事にするんだよ、ていうの覚えてるでしょ？」

「……ああ」

「あれで刷りこまれたんだよ。犬猫質草って感じで、品が可愛く思えてしまうんだ。犬や猫みたいに懐いてはこないけど、品によっては話したりするじゃない？」

「話したり、ねぇ……」

「縁があってウチに来た品だからねぇ。本当、可愛く思えるんだ」

「ああ。俺もよく覚えてるよ。ウチで預かっている間は、ウチの子。……おじさんに、よく言われたからな」

まどかは静かな微笑を浮かべた。

五月の夜の、少しだけ冷たい穏やかな風が吹く。藤棚の下で花房が揺れる。冷やの酒が旨《うま》い季節だと思いながら、怜一はまたしても空にしたコップに酒を注いだ。ちらりとまどかのコップを見て、ようやく半分ほど減っていることを認めると、にやりとほくそ笑んで、まどかのコップにもそうっと酒を注ぎ足した。このまま気づかせないで酔わせてしまえと企む。酔えばまどかの口も軽くなるかもしれない。本心を……こぼしてくれるかもしれない。そんな下心からだ。

グビグビ、と水のように酒を飲む怜一に気づいたまどかが、眉を寄せて注意する。

「怜一、食べながら飲めと言っただろう」

「うん」

「…面倒なのか。本当にもう……、ほら」

「んー」

溜め息をこぼしたまどかが、指でつまんだ蒲鉾《かまぼこ》を差し出してくる。怜一がパクンと子供のように食いつき、なんとなくまどかの目を見た。視線が絡む。まどかの眼差しに甘い色を見つけた瞬間、ハッとしたようにまどかが視線を庭へ逃がした。残念、と思いながら、怜一も藤の花へ視線を戻して言った。

「もし。もし本当に、僕が店を継がずにどこかへ就職していたら……、まどかはどうするつもりだった？」

「うん？」

「僕の代わりに『藤屋』を継いでくれた？　父さんのために『藤屋』を守ろうとした？」

「いいや」

この手の話には、決まって言葉を選んで慎重に話すまどかが、驚くほど素早く答えた。

「『藤屋』の跡は怜一しか継げないよ。怜一が継がないと決まったら、俺はこの家を出ていくつもりだった。仕事で怜一を支えられないなら、成人しておじさんの庇護《ひご》もいらなくなった俺が、この家にいる意味がないだろう？」

「……そう」

怜一は、はあ、と呆れたような溜め息をこぼした。

「もう……、そういう言い訳も考えずみだったわけだ。対僕用の想定問答集でも作ってあるの？」

「言い訳ってなんだ。変なことを言うな」

「なに笑ってるの、本当にそう思ってるんだから。前から言ってるじゃない、まどかの考えていることは目を見ればわかるんだって」

「……」

「まどかは口を使わない分、目でものを言いすぎるんだよ。だから本心を悟られたくないような質問にはすべて、言い訳を考えておいたのかなって思ったの」

「ふうん？　小言を我慢していることがバレてるのか」

「話をすり替えようとしても無駄。まどかの言葉には騙されないよ」

「騙そうなんて思っていないさ」

「そうか。騙すんじゃなくて、隠すんだったね。まどかが僕を、どう思っているか。僕はずっと前から知っているのに」

「……どう、思っているって……？」

微苦笑をして、平静な声で尋ね返してくるまどかだが、ピキッと体を緊張させた。しかも、頑なに怜一と目を合わせない。見た感じとは裏腹に、ひどく動揺していることが怜一にはわかる。怜一はうふっと、意識しているわけではないのだが色っぽい笑いをこぼし、さらにまどかを動揺させながら言った。

「まどかがねぇ。父さんたちを見る目と、僕を見る目が違うってこと。……わりと子供の頃から気づいてるよ」

「……っ」

「まぁ、小さい頃は、父さんのことは尊敬してくれているからで、僕のことは弟だと思ってるから、向ける目つきが違うんだと思ってた。まどかが僕を見る目は、なんていうか遠い……、僕を馬鹿にしているわけじゃなくて、僕に対してなにかを諦めてるみたいな目？　こう……、言っても仕方ないって思ってるような目」

「……」

「僕は七つも下の弟だし。下らないことやわがままを言ってばかりで、兄貴として呆れることもあっただろうしさ。それとはべつに、まどかが絶対に口にしない本心では、僕は葉山の家の跡取りで、しかも一人息子。だけどまどかは父さんの知り合いの子供で……、いやな言い方をすれば、この家ではまどかだけが他人……」

だからまどかが勉強や仕事をどれだけ頑張っても、この家には本当の居場所がないって思ってること。のんびりしていて甘ったれで、まどかの百分の一も努力していない、少しも『本当の長男』らしいところのない僕が、いつかはすべてを手に入れる。まどかの頑張りはなに一つ報われない。……そういう諦めがまどかの中にあるんだって。これは思春期の頃にわかった。

「あの時より大人になった今なら、まどかのそうした気持ちは理解できる。でも当時は、なんでそんな卑屈《ひくつ》な考え方をするんだろうって、血の繋がりなんか関係ない、僕たちは家族じゃないかって。本当に子供で青臭い考えから、まどかに反発してたよね」

「ああ……、そういえばあの頃の怜一は針鼠《はりねずみ》みたいだったな。なにを言ってても言わなくてもイライラしててさ。ただの反抗期だと思っていた」

まどかも当時を思いだしたのか、ふふ、と小さく笑った。怜一は手のひらで温めた酒をグッと呷り、はあ、と溜め息をこぼした。

「……まどかは、反抗期でも自分の気持ちを抑えていたもんね。もう本当に優等生の見本でさ。子供なのに、周り中に気を遣ってたね」

「…反抗期はちゃんとあったよ。高校に進む進まないで、おじさんと何日も揉めただろう。あれが反抗期だったんだよ」

「……優しいねぇ」

ぽそ、と小声で怜一は言った。優しい嘘だ。今さら怜一に「申し訳なかった」と思わせないためのの。怜一はふっと溜め息をつくと、グビグビッと酒を飲み、飲んだ分を注ぎ足しながら言った。

「じゃあ僕も本音を言っておくね。僕はまどかがウチの仕事を覚え始めた時、すごくホッとしたよ。これでもう、まどかはどこにも行かないんだと思ってさ。ずっとこの家にいてくれるんだって。僕、まどかのいない人生なんて考えられないからね」

「そうか……」

「そうだよ。だから僕だって、早くまどかと仕事をしたくて、大学にはいかないで修業に出るって言ったんだよ。そしたら父さんからもまどかからも、大学くらいは出ておけって言われるしさぁ」

怜一はプッと頬をふくらませた。まどかと同じように父親だって高卒なのだ。商人に学なんか必要ないじゃないか、と愚痴とも文句ともつかないことをまどかにこぼしたら、かなり強烈なデコピンを食らったことを、よく覚えている。そうしてまどかは、怖いくらいに真剣な表情で、本当に店を継ぐ気があるのなら、一つでもいいから店の役に立つ専門的な、必要な知識を身につけてきなさい、それが経営も税制も複雑になった今を渡る若旦那の仕事だ、と怜一を叱ったのだ。

「さすがに反論できなかったよ、もっともすぎてさぁ」

「だけど、見事に俺の期待を裏切ったじゃないか。経営でも学んできてくれると思っていたのになぁ……」

「はっきりそう言わないまどかが悪いんだよ。仕事に必要な知識って言われたから、僕は父さんの苦手な書画とか骨董の勉強をしてきたんじゃないか。ちゃんと役に立ってるでしょう？」

「ああ、たしかに役に立ってるな」

「そうでしょ？　それで古部さんのところへ修業に出て、真贋《しんがん》がわからない、価値があるのかないのかもわからない、一般のお宅にしまいこまれてた古道具や古美術を見てさ、いきなり実践だよ。かなり目を鍛《きた》えられて、家に帰ったら戦力になれるなって思ってたところでさ」

いきなり両親を亡くした。心構えをする間もなく、葉山の家長、『藤屋』の四代目になってしまった。

「……でさ。二年ぶりにまどかとここで暮らすようになって。しばらくして、気づいたんだよね。まどかが僕を見る目が、以前とは変わってることに」

「……気のせいだよ。俺はなにも変わっていない。怜一は可愛い俺の弟だ」

「だからね。まどかの嘘には騙されないって、言ってるじゃない。まどかは言葉じゃなくて、目でものを言うんだよ。僕はいつだってまどかの眼差しから、まどかの気持ちを読み取っていたんだから」

「……」

怜一がふふっと笑うと、沈黙が落ちた。まどかは黙ってコップをもてあそんでいる。どう答えるべきか、逃げるのか受けとめるのか、考えているのだろう。逃げたら逃げた分、追いつめるからね、と思い、怜一は風に揺れる藤の花房を、うっとり眺めながら酒を飲んだ。

蒲鉾と卵豆腐を肴に、怜一がコップ一杯の酒を飲みほしても、まどかは黙っている。困ってるなぁと思い、酒を注ぎながら怜一は尋ねた。

「僕がいつから気づいていたか、わかってた？」

「……いいや」

静かに答えたまどかの声は低く、暗い。もしかして困ってるんじゃなく、落ちこんでるのかな、でもなんで、と不思議に思いながら怜一は言った。

「そうでしょ。気づかなかったでしょ。僕の態度、なんにも変わらなかったでしょ。まどかの思いに気づいてからも」

「……」

「僕はねぇ、よかったと思ったんだ。まどかに好かれて、嬉しかった。もうまどかが、どこかへ行ってしまう心配をしなくていいと思ったんだ。僕のことが好きなら、どこへも行かないはずだって」

「……」

「僕はまどかがそばにいてくれるなら、それだけでよかったんだ。まどかがこれまでどおり……、んー、つまり、僕に手を出さない、抱きしめない、口づけない、寝たいと思わない、そういう状態でいたいなら、構わないと思った」

「……」

「でもさっき。まどかは出ていくつもりだと思った。一周忌を終えたら」

怜一を一人にしても大丈夫、心配はないと、まどかは言ったのだ。たとえば、まどかがいなくなっても。

「……」

まどかはなにも言わない。これはたぶん、肯定だ、と怜一は解釈した。本当にまどかは一周忌が終わったら、この家を出ていくつもりでいるのだ。

（そんなこと、許さないもの）

この一年、なんのアクションも起こさないまどかに気持ちを沿わせてきたのは、それがまどかの希望だと思ったからだ。そうしなければこの家にいられないのだろうと思ったからだ。まどかが内に秘めた情熱を抑えこむことで自分のそばにいられるというのなら、自分もまどかを手に入れ、自分に縛りつけ、絶対に誰にも渡すものかという強烈な独占欲を外に出さないようにしてきた。まどかのために弟であろうとしてきた。ただここに、自分のそばに、いてほしいからだ。まどかに。

（だって。……まどかは僕のものだもの）

それなのに今さら逃げるだなんて許さない。

怜一は盆にコトンとコップを戻すと、その盆を押しやって、体ごとまどかに向いた。廊下に手をつき、グッとまどかのほうへ身を乗りだす。うろたえたまどかがわずかに体を引いた。それでも視線を合わせないまどかに、怜一は、甘えているのか誘っているのか判断のつかない上目遣いで、ふふ、と微笑して言った。

「僕ねぇ、まどかを逃がすつもりはないんだ」

「…っ、なに言ってるんだ、逃げやしない……」

「そんな言葉で騙されないもの」

「騙そうなんて、…れ、怜一、怜一っ、なにして、やめなさ…っ」

猫が飼い主の膝に乗るように、ひどく当たり前に堂々と、怜一はまどかの足にまたがり、正面から抱きついた。まどかの首に腕を回す。至近距離で視線が絡む。息を呑んだまどかの瞳が、揺れて、定まって、獰猛《どうもう》な光を宿した。怜一を喰らいたいという雄の目だ。けれどすぐに、まどかは顔を背けることで視線を外した。眼差しの意味を、怜一への気持ちを、隠そうとした。怜一は、ククク、と鳥が喉を鳴らすように小さく笑った。

「往生際《おうじょうぎわ》が悪いんだから……」

「……っ、怜一、あぶな…っ」

体重をかけてまどかを押し倒した。バランスを崩したまどかは、怜一を支えようとして、結果として怜一の腰を抱きしめた。唇がふれる。怜一は誘うように吐息を吹きかけ、それでも開かない唇をそろりと舐めた。舐めて、舐めて、チュ、と吸う。下唇を甘く噛む。呼吸を止めていたまどかが、観念したようにうめきをこぼした。薄く開いた唇の間へ、怜一はためらわず舌を差しこんだ。

怜一にとって初めての口づけだった。それでもとまどうことはなかった。まどかの舌も、歯並びも、うわあごも、頬の内側も……、舐めたくて味わいたくて、夢中だった。舌を絡めただけで感じる。少しも応えてくれないまどかの舌を優しく吸い上げながら、怜一は呼吸を上げて唇を離した。

「まどか……」

「酔ってるぞ。怜一」

されるがままのまどかは、静かな微笑を浮かべてそう言った。怜一はまどかにのしかかったまま、愛しくてたまらない唇を指先で愛撫しつつ、ふふっと笑った。

「一升飲んだって酔いやしないよ。強いのは父さん譲りだもの」

「……、酔っていると、言ってくれよ……」

「うん？　じゃあ、花の香りに酔ったかな。それと、まどかの目」

「怜一……本当にもう……」

「ギリギリまで我慢してる。僕に手を出したらいけないと思ってる。だけど僕が欲しくてたまらない気持ちが……、にじみ出てる」

「……」

あからさまな怜一の言葉で、まどかの頬がカッと染まった。まどかの赤面など生まれて初めて見る。ふだんはほとんど本心を顔に出さないまどかが、ここまで赤面するほどの図星をついたのだ。「怜一が欲しい」という本音。狼が被っている羊の皮を剥《は》がすように、怜一はたっぷりと甘えを含ませた声と眼差しで、まどかを誘惑した。

「ねぇ……、僕もまどかが好きだよ、好きなんだ……、お願い、まどかを僕にちょうだい……、全部、ちょうだい……」

「……怜一……」

「まどか……、キスしてよ……」

「…っ、駄目だ、怜一、こんなことは、…」

「ねえ……まどかは僕のこと、欲しくないの……？」

「……っ」

「まどかに、あげるよ……、僕をあげる……、好きにしていいよ……」

「れ、いち…っ、駄目だ……っ」

「僕がほかの男のものになってもいいの？　まどかじゃない男の、ものに……」

「…く、そ……っ」

ついにまどかは陥落《かんらく》した。怜一がほかの男のものになるなど冗談ではない。そんなことになるくらいなら、地獄に堕《お》ちてもいいから怜一を自分のものにする。

まどかは怜一の頭を引き寄せるや、むさぼるような口づけをした。さっきとは逆に、存分にまどかに口の中を味わいつくされた怜一は、それだけで体を溶かしてしまった。ぐったりとまどかの胸に体を預けると、低く笑ったまどかが、いやらしい声で言った。

「先に言っておくけど、ここから先はお兄ちゃんじゃなくなるからな。泣いても怒っても怜一の言うことは聞いてやらないぞ」

「うん……、そういうまどかがいい……、泣かせてよ、僕を……」

かすれた声、潤んだ瞳、淡く染まった頬……。まどかの喉がごくりと上下した。これが計算ではないとまどかはわかっている。怜一は天然なのだ。天然で、天然腹黒で、天然淫ら——。

「俺の可愛い怜一が……」

「うん……？　もう可愛くなくなった……？」

「いや。すこぶる可愛いよ。黒くても淫らでも」

「なんなの、それ、僕は黒くも淫らでもないよ……」

心外、という顔をしてまどかを甘く苦笑させた怜一は、まどかにのしかかっていた体をするりと下ろすと、腕を掴んで引っぱり起こした。

「どこで僕のこと抱きたい？　ここでしたい？」

「抱く、とか……、それでいいのか、怜一……」

「え？　僕はずっとそういう方向で妄想してたけど。まどかにいろいろしてもらったら、きっと悦いだろうなって」

「ああ。……なるほど」

つまり、奉仕しろということだ。まどかは低く笑うと、怜一の頰に軽く口づけた。

「じゃあちょっと待ってな。薬屋行って、いろいろ買ってくるから」

「いろいろ買ってあるけど？」

「……ん？」

「いろいろ買ってあるって言ったんだ。まどかが発情したら、逃がさないために」

「……逃げ、ない、よ……」

「信じない。今までどかを薬局に行かせたら、途中で絶対に醒めるもの。蕎麦《そば》は熱いうちに食えって言うでしょう？　まどか、醒めないうちに僕の部屋に行こう」

「俺は食われるのか……」

怜一の意外な積極性に驚きつつもおかしくて、まどかは笑いを噛み殺したまま、怜一に自室へと連れこまれた。

この広い家は、家の中にも廊下がとおっていて、坪庭《つぼにわ》を回ったり中庭を渡り廊下で渡ったりと、若干迷路のようになっている。怜一の部屋はそんな家の奥まった一角にあって、和室をリフォームした洋間だ。怜一はまどかをベッドに突き飛ばして座らせると、ふふっ、と笑ってシャツのボタンを外しながら言った。

「これでまどかは籠《かご》の鳥」

「おまえは……。で、いろいろ買ったものって？　いったいなにを買ったんだ」

「心配ないよ、僕はまどかに対しては用意周到だから。これ」

怜一は、コレクションしている木工細工を飾っている棚から、一辺が三十センチほどもあるサイコロのような木製のコスメバッグを取りだした。バッグの前部は観音開きになり、上部には鏡までついている、ミニチュア三面鏡のような代物だ。ベッドサイドのランプをつけて中を見たまどかは、呆れたように小さな溜め息をこぼした。本来なら可愛かったり綺麗だったりする化粧道具が入っているはずのそこには、ジェルやコンドームはもちろんのこと、バイブにローターにアナルパールに、さらには手枷に目隠し、どう使うのかわからない小道具や卑猥《ひわい》な下着まで入っているのだ。

「怜一にこういう趣味があったとは……」

「違うよ。まどかがどういう趣味かわからないから揃えただけだよ」

「へえ？　使いたいって言ったら、使わせてくれるのか」

「いいよ。僕を調教してみる？」

「……っ」

ふ、と怜一が色っぽい目でまどかを見た。まどかはこくりと喉を上下させた。まどかにS

M趣味はない。断じてない。けれど怜一の天然無自覚な流し目と、調教という過激な言葉で、開けてはいけない扉がそろりと開いてしまった気がした。けれどまどかはそんな自分に苦笑をすると、ジェルとコンドームだけを取りだしてバッグを閉めた。

「初めての夜だ。いきなり道具を使うのはナシだろう？」

「うん？　まどか、童貞じゃないじゃないか。知ってるよ、三人の女性としたでしょう」

「……っ、三人とか、なんで知ってる…っ」

「女性が変わるとケータイのストラップが変わるんだもの。セックスした日は雰囲気が変わるし、なにより僕のこと避けるしねぇ」

「いやっ、だって、それは…っ」

「後ろめたかったんでしょ？　僕の代わりに女の人を抱いてきたんだものねぇ」

「代わり、とかっ、いや、代わり、かもだけども…っ」

脂汗《あぶらあせ》までかいてうろたえるまどかだ。怜一はうふふと笑うと、シャツとズボンを脱ぎ捨て、下着一枚でまどかの膝に乗った。

「そういうことも僕が知ってたの、知らないでしょう」

「……、ごめん……」

「謝らなくていいよ、昨日までのまどかは僕のものじゃなかったもの。でも今日からは僕のまどかだ。誰にも渡さないし、僕以外の穴に突っこんだら、まどかを蔵に監禁するからね？」

「……もちろん、冗談じゃないんだろう？」

「本気だよ？　その代わり、僕になにをしてもいいよ。好きにしていいよ。だから、まどかを僕にちょうだい……」

「本当にまったく……、天然のたらしだな……」

まどかは驚きと呆れが交ざった気分で口の中で呟いた。怜一の意外な積極性も、たぶん、まどかが欲しいと思ったから奪いに来ただけ、要するにこれまた天然の誘い受けなのだ。そういうことなら誘いに乗りましょう、と思ったまどかは、ふっと薄い笑みを浮かべて怜一に言った。

「怜一、もう一回言っておくけど。ここからは、お兄ちゃんじゃなくなるぞ」

「うん。僕の恋人でしょう？」

「そう。だからどうなっても知らないぞ」

「いいよ。メチャクチャにしてよ……」

「だから俺を、煽《あお》るなよ……」

怜一の無自覚のいやらしさに振り回される。まどかは熱い息をこぼすと、手のひらで味わうように、怜一の体を撫でた。色っぽい場だというのに嬉しそうな顔をする怜一に、まどかはニヤリと笑って言った。

「怜一。俺の首に手を回して」

「こう?」

「その手を下ろしたら駄目だぞ。下ろしたら抱いてやらない」

「ああ……、なんか変態ぽくてドキドキする」

「怜一、やっぱりそっちの気《け》があるだろう」

まどかはククッと笑うと、下着の上から怜一自身を柔らかく握った。キュ、キュ、と握りしめてやると、ん、と息を詰めた怜一が、はあ、と甘い吐息をこぼす。

「…あ、もう……感じるよ、まどか……」

「反応が高校生並みだな。何日か、抜いてないのか」

「ん……してない……、ああもう、ジンジンする……」

「ちょっとさわってるだけなのに、こんなに硬くして。ほら、形がよくわかる」

四本の指先でいやらしく形をたどる。ビクッと腰を引いた怜一の耳朶《じだ》を食《は》み、まどかは低い声で囁いた。

「出すなよ、怜一? 出したら抱いてやらないぞ」

「んん……、出、さないよ……、我慢、する……」

吐息交じりで答えた怜一のそこが、如実《にょじつ》に大きさを変えた。指先でそれを知ったまどかは、怜一は確実にそっちの気があると思って忍び笑いを洩らした。まどかに気持ちよくしてもらいたい、ご奉仕してもらいたい、とはつまり、甘くいじめてほしいということだと理解した。

(そういうことなら、俺の趣味とも一致する)

怜一を縛り上げたり叩いたりしたいという欲求はないが、よがり泣かせるのは想像しただけで興奮する。いや、そういう怜一をずっと妄想してきたのだ。ふれることもできず、ただ見守るだけの苦しい日々を耐えてきたが、それでよかったのだと思う。

まどかは怜一の耳元をチュウと吸って怜一に身ぶるいさせると、下着ごしに、指先だけで、ゆるく怜一をこすった。あ、とあえかな声をこぼした怜一が、まどかにすがりつき、膝でまどかの腰を締めつけた。

「あ…、あ……」

「もう下着の中でビクビクしてる。だけど、出すなよ? 俺がいいと言うまで出したら駄目だ。我慢しろ、怜一」

「あ、あ、我慢、とか……、言われる、と、感じる……、なんで……」

「さあ、なんでだろうな」

「あ、あ……、…っ、あ、まどか…っ、待って、出、そう…っ」

「駄目。まだ我慢」

「まど、か、まどか…っ」

怜一はますます強くまどかの腰を締めつけてくる。まどかは怜一の先端を下着で拭うように刺激してやった。敏感な部分をざらついた布地でこすられて、怜一がたまらずに小さな悲鳴をあげる。その甘い泣き声がまどかの耳をくすぐり、いやらしいいたずらをする指先は湿った感触を覚えた。

「あ、あ、まどかっ、やめて、やめて…っ、出ちゃう、やめて…っ」

「我慢できないなら出していいぞ」

「そしたら…っ、抱いて、くれな…っ」

「そうなるな」

「いや…だ、まどかに、抱いてもらう…っ、う、あ…っ、あ、あ、あぁ……っ」

すがりついて必死にこらえる怜一だが、まどかがちょっといじるたびに腰を引く。これは限界だな、と判断したまどかは、腿へ愛撫の手を移して囁いた。

「下着が濡れてるぞ。どうしてだ、怜一」

「ん……、だって、まどかの指、気持ちい、から、我慢汁が、いっぱい、出ちゃった……」

「……なるほど」

まどかは苦笑した。いじめてほしいと言うからいじめてやろうと思ったのに、怜一に言葉攻めは通用しないと悟った。聞かれたから答えたというだけなのだろう。笑えるほど恐ろしく天然だ。ということは、小技は使わず、ダイレクトに体を攻めたほうが怜一は喜ぶだろうと思ったまどかは、自分にとっての怜一は、つくづく王子様なんだなぁと思った。可愛くて愛しくて、怜一のためならなんでもしたくなる。セックスだって、怜一が望むようにしてやりたい。悦《よ》くて悦くて泣きたい、と言うのなら、そうするまでだ。

まどかは怜一に深い口づけをすると、首に回されていた腕をほどいた。

「……ああ、下着、こんなに濡れてる。見てみろ、いやらしいな、怜一。興奮する」

「……あ……う、ん……」

「……なんだ。恥ずかしいのか」

「……」

怜一はふいと顔を背けた。あれま、とまどかは内心で苦笑した。いやらしい言葉を言うことに羞恥は覚えないが、いやらしい現物を見せられると恥ずかしく思うのは、怜一の性的な内面が幼いということだ。

(ずっと子供扱いしてきたからなぁ……。エロ本を見せたこともないし、マスのかきかただって教えてない……)

そのへんは友人同士で情報交換などあっただろうが、つまりは怜一の「性熟度」は中高生止まりなのだ。まどかはほくそ笑むと、怜一をよいしょと抱き上げてベッドに座らせた。足を大きく開かせ、その間にひざまずく。下着の上から怜一の昂《たか》ぶりを甘く噛み、ピクンと反応する怜一に尋ねた。

「ここ、女性に挿《い》れたことあるか?」

「な、ないよ……、まどか、口つけたまま、喋らないで……」

「セックス経験は？　なしか？」

「大学の、時、誘われて、ホテル行ったことあるけど……、あ、あ…、噛まないで……」

「ホテル行って？　それでどうした？」

「んん…っ、胸、さわらせてもらったり、口で、してもらったけど…、立たなかった、まどか、やめて……っ」

「ふぅん？　そこまでされて立たないってなんだろうな。今はこんなになってるのに……」

「あ、あっ、駄目、吸わないでよ…っ」

腰をふるわせた怜一が、思わず、という具合にまどかの髪を掴んだ。怜一の下着が、まどかの唾液とはべつのものでじわりと染みを大きくする。いやらしい匂いがまどかの鼻をかすめた。まどかはニヤリと笑った。

「怜一、漏らしてるぞ」

「あ……、我慢、してるんだ、けど……、なんか、出ちゃう……」

「これでいいんだ。怜一、自分でさわるなよ」

仕込みはオーケー、と口の中で呟いて、まどかは怜一をトンとベッドに突き倒した。足を抱えてベッドに乗せると、怜一は腿をこすり合わせて妖《あや》しく身もだえた。我慢を強《し》いられている快楽が苦しいのだろう。上気した体と潤んだ瞳が官能的だ。熱い息をこぼしたまどかが、いやらしくて綺麗な体を眺めて堪能《たんのう》していると、怜一が、ねぇ、と言った。

「下着、脱いだら駄目……？　見たら、興醒《きょうざ》めする……？」

「しないよ。逆に興奮して、ひどいことしてしまうかもな」

「……してよ……、まどかのしたいこと、されたい……」

「煽るな」

まどかは苦笑をして怜一の足を撫で上げた。それだけで感じて腰を揺する怜一の下着に手をかけ、そろりと引き下ろす。

「ああ……、トロトロに濡れてる。たまらないな……」

まだ女にも挿れたことのない、真っさらの欲望が、初々《ういうい》しくもいやらしい色をしとどに濡らして立ち上がっている。自分の手で怜一がこんなに感じているのだと思うと、まどかはひどく興奮した。まどかを誘うように脈打つそこを、ツ、と指先で撫で下ろすと、またジワリと白いものが垂れ流れた。

「まど、かぁ……」

怜一が切ない声で言う。いきたくてたまらないのだと、まどかもわかっている。ギリギリで寸止めを繰り返していると、我慢していても漏れてしまう。この状態のままタラタラ漏らし続けていると、空になるまで出せるのだと、昔オナニーマニアの知人が得々と説明してくれたことがある。要するに、射精三回分の精液を、射精しないまま垂らす……射精ではなく漏精というのだろうか、つまりいくのを我慢するのではなく、いきっぱなしになるというのだ。マゾっぽくて自分ではやらないなとその時まどかは思ったが、しかし……。

（怜一をいじめるにはちょうどいい）

ふっと微笑った。現に怜一は、いきたくてつらそうな表情を見せているが、そのくせ瞳はうっとりさせている。いじめて、と言葉で言われるよりも、いじめ心をくすぐられる。なるほど目は口ほどにものを言うのだなと、変なところで納得した。

「怜一、足立てて。大きく開いて」

「うん……、これで、限界だよ……」

「……潔《いさぎ》いな」

「まどかの言うこと、なんでも聞くもの……」

「じゃあその調子で、俺がいいって言うまでココさわったら駄目。わかったか？」

「う、ん……」

怜一の瞳が揺れ、濡れそぼっているそこからまた、ジワリと漏らした。こうなるとどんな刺激も快楽になる。まどかはゆっくりと衣服を脱ぐと、手のひらにたっぷりと取ったジェルを怜一の後ろに塗りつけ、指先で押し揉むようにマッサージした。小さな窄《すぼ》まりは素直に反応をして、ヒクヒクと収縮する。手前勝手だが、まどかの指を待ち焦《こ》がれている感じがして、愛しさが湧き起こった。

「可愛い孔《あな》だな……」

「んっ、まどか、まどか……、お、お尻、感じる、感じる……っ」

「ああ。見てればわかるよ。感じてたまらないって具合に、キュ、キュ、て締めてる……」

ゴクリと喉を上下させたまどかは、誘うようにひくつく孔に、そろりと指を入れようとした。押しこもうとすると反発する弾力のある孔は、拒んでいるようでいて誘っている。少し強く指先で押すと、今度はヌルリと呑みこんだ。淫らな駆け引きのようで、あまりのいやらしさにまどかはクラッとした。

「ああ……、怜一の中、熱い……」

「ん、まどか、ねぇ……、指じゃなく……、まどかが、欲しいよ……」

「まだ入らないよ……、ちゃんと柔らかくしてからじゃないと、怪我をするから」

「……どうしてそんなこと知ってるの。どこかの男を抱いたの？」

「違うって」

甘く潤んでいた怜一の目が、潤んだまま剣を帯びたので、まどかは苦笑してしまった。天然ゆえに、嫉妬《しっと》もストレートなのだろう。指の動きは止めずにまどかは答えた。

「女性のアソコと違うんだから、どう考えたってすぐには入らないだろう？　こうやって……、拡げていくんだと思う」

「あ……、まどか、そこ…、あっ感じる……、あっあっ」

「……ここ？」

男も体の中で感じるとは予想外だった。いわゆるスポット的なものだろうかと思いながら、優しくそこを攻めてやると、怜一はなんとも艶《なま》めかしく身をよじる。好きな相手が自分の愛撫で乱れる様は、男を最高に興奮させる。まどかの目が、完全に雄の目に変わった。

「すごい……、ココ押すとトロトロ出てくるな……」

「う…つく、まどかっ」

「でもいけないのか……、たまんないな、こんないやらしい怜一……」

「あっあっ……うぅん…っ」

快楽でしなやかにくねる体が、綺麗で淫らだ。ずり上がって逃げようとする怜一の腰を抱え、引き戻してさらに中を攻める。怜一は激しく頭を振って、まどかの腕を掴み押さえた。

「やだ、駄目、駄目…っ、いく、いっちゃう、やめっ、…あぁぁ……っ」

「……おい……？」

仰け反った怜一が、呼吸を詰めて体を痙攣《けいれん》させた。まるで女の絶頂時と同じだ。まさかなと思って怜一のそこを見たが、トロトロ漏らしてはいるもののまだ張りつめて硬く、射精はしていない。うろたえて中を攻める手を止め、怜一を見つめていると、ふいに脱力した怜一が不規則な荒い呼吸をこぼしながら、ああ、とか細く泣いた。

「……怜一？」

「はあ……、すご、い……」

「わか、ない……、すご…く、悦くて……、わけ、わかんなく、なった……」

「いったのか……?」

「……」

つまり、いったということだろう。まどかは内心で驚いた。男がこんなふうにいくこともあるなんて、まったく知らなかった。そろりと指を動かして中の弱点をいじめると、とたんに怜一が、やめて、と半分泣きながら言った。

「そこ、やめて……、また、変になる……」

「ああ、……へぇ……」

まどかの目が意地の悪そうに細められた。中……怜一の秘密の弱点を攻めれば、恐らく女性のように何度でもいかせることができるのだろうと思った。

(前でいきっぱなし、中でもいける、それでも射精できないとなったら……)

同じ男として、気が変になりそうだろうということはわかる。けれどたぶん、怜一は、悦《よろこ》ぶはずだ。泣いてやめてと言っても、それを無視され、いじめられるのが好きなはずだ。

「……」

想像してズクリと下半身をうずかせたまどかは、だいぶ呼吸も整ってきた怜一の中を、またゆっくりと探った。ゆるく頭を振った怜一が、甘ったるい声で言う。

「まどか、お尻、いやだ……」

「大丈夫だよ。今はいじめたりしない」

「う、ん……」

はあ、と吐息をこぼした怜一の後ろは、いったばかりだからなのか、少し弛緩《しかん》している。まどかはジェルを足すと、そっと指を増やした。

「あ……、まどか……」

「痛いか？」

「違、う……感じる……」

「……たまらない体だな……」

本当にたまらない。まどかがなにをしても、怜一は快楽として受けとめるのだ。だからこそ、優しく丁寧に扱わなくてはならない。怜一の快楽の源はまどかへの信頼だ。絶対にひどいことはしないとわかっているから、まどかのすることをすべて快感ととらえてくれる。だいぶスムーズに指を動かせるようになったが、二本分拡げたくらいでは、まだまどかのものを受け入れるのは無理だろう。そう思い、さらにもう一本、指を足す。怜一が、んん、と鼻を鳴らした。

「拡、げられるの、いい……」

「怜一……、そんなに、煽るなよ……」

「だって、本当に、いい……、あ、あ、ゾクゾク、する……」

指三本が、根元まで入ったところだ。本当に感じているのか、自分への気遣いではないのかと疑い、まどかがヌルリと指を抜いてみると、怜一は小さく腰をふるわせて甘く泣いた。本当に感じているのだ。確認し、安堵し、愛しさがふくれ上がるのを感じたまどかは、丁寧に時間をかけて、怜一の後ろをしっかりとほぐした。

まめにジェルを足し、奥まで十分に濡らしてから、指を引き抜く。閉じきらないそこからジェルが垂れている様が猛烈に卑猥で、まどかの頭にカッと血が上がった。

「怜一……、いいのか、本当に抱くぞ」

「うん……」

まどかのかすれた声とは対照的に、怜一の声は甘く濡れている。怜一が大きく開いた腿に手をかけ、さらにまどかを誘う。

「まどかを、僕に、ちょうだい……、抱いて……」

「……くそ……っ」

抱いたらもう逃げられなくなるとわかっている。離れられなくなるとわかっている。けれど、抱いてと言われて理性の最後の糸が焼き切れた。目の前の美しくて淫猥《いんわい》な体に抗《あらが》えるはずがなかった。

しごくまでもなく隆と立ち上がっている己《おのれ》のものに手を添えて、ジェルでドロドロに濡れている孔に押しあてる。拒むようにキュウと収縮したそこに、猛烈に征服欲をかきたてられた。一息に自分のものにしてしまいたい気持ちをこらえ、怜一を傷つけないようにじっくりと腰を進める。わずかな抵抗を見せたあと、観念したように、ヌルリ、と迎え入れてくれた中はひどく熱い。あの怜一を、一生抱くことはない、抱いてはいけないと思っていた怜一を自分のものにできて、快楽よりも歓喜でまどかはうめいた。

「ああ、怜一……」

「ん、う……、思、てたより……、きつい……」

「きつい？　痛いのか？　苦しいのか……？」

「んん……、すご、く……拡が……、入れると、大きく、感じる、んだ……」

「ああ……」

「う、ん……、重たくて、少し、苦しい……」

「苦しい……、ああ、くそ……」

どうしてやればいいのかわからない自分が悔しい。ふと、怜一のそこが萎《な》えかけていることに気づいた。あれほど快楽を与えたのに、それを失くすほど、まどかを受け入れることが苦しいのだろう。少し眉を寄せた怜一の表情も、官能的ではあるがつらそうだ。まどかは迷い、それから怜一の前に手を伸ばした。ここに直接ふれるのは、初めてだ。怜一のいいところを探る手つきで優しくこする。うん、と声を洩らした怜一が小さく身もだえた。

「あ、あ……、まどか、さわって、くれた……」

「この体勢じゃ、舐められないから」

「んんん……、さわるの、いやなのかと、思ってた……、ああ、そこ、悦い……っ」

「ここ？　いやじゃないよ、馬鹿。さわったらすぐにいってしまいそうだったろう？　出すと気持ちが醒めてしまうじゃないか」

「あ、あっ、あっ…、そう、か、僕、あ…っ、意地悪、されてるのかと、思…っ、は、あっ、ああ、んぅ…っ」

柔らかく身もだえた怜一が、くわえこんでいるまどかを間欠的《かんけってき》に締めつける。手の中のものもすっかりと硬さを取り戻してくれた。感じてくれたと思ってホッとしたまどかは、ぷくりと、先走りがにじみ出てくるまで優しい愛撫を続けた。

「あ、まどか……、い、きそう……、出しても、い、の……？」

「駄目。……ああ、怜一……、中も、すごいな……」

まどかは感心したような息をついた。まどかを締めつけていたきつい内部が、まどかを奥へと呑みこもうとするような蠕動《ぜんどう》を始めている。経験したことのない快感だ。

「これは、動いてもいいって、ことか……？」

「うん……。入れてる、だけ、は……、苦しいよ……、動いて、まどか……、悦くして……」

「…っ、最大限、努力する」

怜一を傷つけないようにゆっくりと腰を使いながら、さらにジェルを足した。今まで自分をセックス上手だと思ったことはない。上手になれるほどの経験を重ねたわけでもない。ましてや男など初めてだ。それでも、自分の快楽などどうでもいいから、怜一には悦くしてやりたいと思う。誰よりもなによりも可愛くて愛しくて大事な怜一に、セックスでも満足を与えたいのだ。

「まど、か……、もっと、動いて……」

「苦しくないのか？」

「んん、悦い……、こす、られるの、い……、もっと、してよ……」

「こう？　……これは？」

「あっ、それ、も、い…っ、引っか、かるのっ、感じる……っ」

「ふぅん……。ここはもちろん、悦いだろう？」

「あ、あっ、駄目っ、いやだ、そこ…っ、駄目まどかっ、漏れるぅ……っ」

言葉どおりに、怜一の先端から白いものが垂れる。まどかはいやらしく目を細めた。どうすれば怜一が感じるのか、把握した。深くまで入れて引き抜くと体をふるわせる。入口あたりで小刻みに出し入れすれば、頭を振って甘く泣く。いやらしく腰をグラインドさせて中の弱点を刺激すれば、あられもないほどよがってみせる。

「まどか、まどかぁっ、駄目、やめ、て…っ、で、出るっ……、いく、いっちゃうぅっ」

甘えた泣き声がひどくまどかを興奮させる。怜一の表情、仕種《しぐさ》、呼吸を注意深く見ながら、腰を使って奉仕する。さんざん体をくねらせ、よがっていた怜一が、短く規則的な呼吸に変わっていく。爪先でシーツをかいていた足が、まどかの胴に絡み、締めつけた。

「あ、あ、まどか…っ、も、お願い、お願…っ」

「もう本当に駄目か……？」

「はあ、ああ、悦いっ、……悦い、ああ、やだ、やだっ、……っああ、やだぁ…っ」

快楽が過ぎて怜一は我を忘れている。引っきりなしに白いものを垂れ流し、ゆるくいき続けているものの、射精という解放が訪れない苦しさで、目尻から涙をこぼした。綺麗で可愛くていやらしい怜一を、まどかも夢中で揺さぶり続けた。けれどいくらもしないうちに、女性とは違うきつい締めつけで、これ以上はもうもたないと思った。怜一の前を手のひらに包んだ。トロトロに濡れた熱い硬さに、まどかは喉がひりつくほど欲情した。自分の腰の動きに合わせて、怜一をしごく。

「駄目、駄目っ、いく…っ、いっちゃ……っ」

「いいよ怜一、いく顔、見せて…っ」

「あっ、あ…っ、んん、あぁ――‼」

体を痙攣させた怜一が、喉元にまで、白く濃厚なものを飛ばした。まどかもキツく締めつけられ、搾《しぼ》られるような刺激を受けて、外へ出す間もなく怜一の中で逐情《ちくじょう》した。

そっと繋がりをほどき、快楽で放心状態の怜一を腕に抱いた。脱ぎ捨てたシャツで腹から胸を拭ってやり、深く胸に抱きこむ。優しく髪をいじりながら、こめかみに何度も口づけを落とすうちに、深い息をついた怜一が、するりと抱きついてきた。

「まどか……」

「平気か？　その……、痛くないか……？」

「うん？　お尻？　うーん……、感覚がないかな……」

「え、ちょっと、薬……」

「やだ。離れないでよ……、今、すごく、気持ちよくて……」

「そうか……」

「まどか、まどかぁ……、好き、好きだよ……」

「ああ……、俺も、怜一が好きだよ……。……ごめんな」

「……ごめん？」

むく、と怜一が体を起こした。まどかの胸にのしかかると、甘くとろけている目で首を傾げた。

「なにがごめんなの？　僕を犯したこと？」

「犯すって」

まどかは苦笑して怜一の髪を撫でた。この直截《ちょくさい》な物言いが天然すぎて面白い。

「それでいいと怜一が言ったんじゃないか。いやだと言ったのに抱いてしまったのなら謝るけれども」

「じゃあなにがごめんなの」

「うん。……気持ちを、隠しとおせなくてさ。元に戻れないところまで連れてきてしまったから」

「そんなこと」

ククク、と怜一が笑った。流し目が恐ろしく婀娜《あだ》っぽい。巣にかかった獲物を見る蜘蛛《くも》は、こんなふうに笑っているんじゃなかろうかと思うような笑みを浮かべて、怜一は言った。

「僕から逃げようとするからだよ。僕はまどかがきちんと女性と付き合ってきたことを知ってるもの。男として、一線を越える意味をわかってる。だから、抱かせてしまえばもう逃げられないと思ったんだ」

「ああ……、俺の可愛い怜一が……」

黒い、と思った。だが黒い怜一も可愛いと思うのだ。心底惚れている、と思うまどかに、どうも怒っているふうに怜一が言った。

「その可愛い僕に、ここまでさせたんだからね、まどかは。わかってるの？」

「わかってる。わかっているよ、すごく。全部俺の不徳のいたすところだ」

ギュッと怜一を胸に抱きしめて、まどかは溜め息をこぼして打ち明けた。

「……死ぬまで黙っているつもりだったんだ。隠しておくつもりだった。弟でもなく、家族でもなく、怜一のことが好きなんだって気持ちをさ……」

「うん……」

「早く仕事を覚えて、一人前になって、おじさんを助けていこうと思っていた。怜一が若旦那として店に入ったらサポートして……、いつか怜一が結婚して、しっかりと仕事を覚えて、『藤屋』を継いだら、その時は……、出ていこうと思っていた。怜一にこういう気持ちを持っていなかったとしてもね」

「そうなの？」

「そうだよ。奥さんの立場に立ってみな。家に、家族でもなければ、どんな関係かすらはっきりしない他人がいるなんて、気持ちが悪いだろう。俺が本当に小舅《こじゅうと》だったとしても、気を遣っていやなのに」

「ああ、うん、そういうことか」

「でも、おじさんたちがあんなことになって……、いざ怜一と二人だけになってしまったらな。兄貴としても、兄貴じゃないただの男としても、怜一を……愛しているんだ。とても怜一を一人になんかできないと思ってさ……」

「ああ、そうか僕……、病院で、ショックで倒れたりしたものね。まどかじゃなくても放っておけないと、思ってしまうよねぇ……。でもそのおかけで、まどかは残ってくれたんだもの。僕はしっかりしてなくていいんだ」

「本当にな。そこまで正直というのも困りもので放っておけない」

まどかは微苦笑をして怜一の髪に頬ずりをした。

「俺も正直に言うとさ。……おじさんとおばさんには……、それに怜一にも本当に悪いと思っているけど……、葬儀のあと、怜一が俺だけのものになったと思って、悲しくてつらい気持ちは本当にあったんだけど、その裏側では、嬉しかったのも事実だ」

「そうなの……」

「本当……、おじさんたちには顔向けできることじゃないし、俺を兄貴だと思ってくれてる怜一に対しても、汚い気持ちを持っているとわかっていた。だけど……、もう怜一には俺しかいないんだと思うと……、嬉しくて。地獄に落ちるな、俺は」

天国のおじさんとおばさんに会わなくてすむけど、と言い、まどかは空笑いをした。怜一はまどかの鼓動の音を聞きながら、小さな頃から品行方正、成績優秀、理想の長男をやってきたまどかを思い返して、大変だったたねぇ、と言った。

「父さんと母さんが亡くなって、重しが取れたんだね」

「重しだなんて、…」

「重しだよ。育ての親をがっかりさせたらいけない、裏切ったらいけないっていう、そういう重し」

「怜一、違う。それは違うよ。おじさんたちは俺にとって、間違った方向へ行かないための明かりだった。俺がクズに成り下がらず、まともな大人になれたのは、おじさんたちがいてくれたからだ」

大事なのは、きちんと生きるということなのだと、怜一の両親は日々の暮らしの中でまどかに見せ、教えてくれた。人の手に落ちてくる幸は、生き様によって変わるのだと。誰かを恨めば憎しみが落ちてくる。誰かを妬《ねた》めば苦しみが落ちてくる。だから誰かに傷つけられたら、仕返しを考えるよりも自分の傷を手当てしなさい。痛みのわかる人になりなさい。

「そういうおじさんとおばさんに育ててもらったことは、俺の人生で最大の幸福だと思う。ここまで間違ったことをしないで生きてこられて……。おじさんたちのいいとこばかりを集めて作ったみたいな怜一が生まれて、本当に可愛くてさ。大事で。自分のこと、ブラコンだと、ずっと勘違いしていればよかった。怜一を傷つけることになっても、こんなことをしたらいけなかったんだ」

「無理だよ」

真剣な声で打ち明けたまどかだというのに、怜一はサクッと切り捨てた。

「僕もまどかが好きだもの。まどかを僕のそばに置いておくためなら、僕はなんだってするし。それこそ、『可愛い怜一』のふりを続けたり、それで駄目なら体を使ってまどかを落としたり」

「ああ。まんまと落とされたよ……」

「いいじゃない。僕がまどかを堕落《だらく》させたわけだから、まどかが気に病むことはないよ。第一、血の繋がりはないんだもの、なんにも問題ないでしょう？」

「……、そうだな」

なにか引っかかる間を空けて、まどかはうなずいた。また隠し事だ、と思った怜一がじっとまどかの目を見つめる。まどかは優しい微笑を浮かべていたが、目に陰《かげ》りがある。怜一はキュッと口をとがらせた。

「まだなにか隠してる。ねぇ、言ってよ。まどかはついさっき、僕のお尻を犯したんだよ？ここまできて、なにを隠すことがあるの」

「尻を犯すとか、だからそういう……」

はあ、と小さな溜め息をついて、まどかはふっと微笑した。

「そういうさ。おっとりボンボン育ちのくせに平気で下ネタを口にしたり、存外にエロく誘ってきたり、意外性に驚いてるだけだよ」

「……もう」

嘘か本心かなど、目を見ればわかると言っているのに、まどかは下手な嘘をつく。今のまどかの目は、静かだが暗い。底無し沼のようだ。奥にあるのもを引きずりだすのは容易ではないだろう。

（……まあ、いいか。まどかはもう逃げない。時間をかけて、聞きだせばいいや）

怜一はチュウとまどかにキスをすると、天然淫らを炸裂させた恐ろしく色っぽい目でまどかを見つめ、好き、と囁いて、まどかのきつい抱擁《ほうよう》を獲得した。

両親の一周忌の日は、五月らしい爽《さわ》やかな晴天となった。

菩提寺もないし墓は市営なので、法要は霊園の墓前で、派遣してもらった坊さんに経をあげてもらった。ビジネスなので坊さんは会食には出ない。その場で派遣代を支払ってタクシーに乗せ、お帰りいただき、怜一たちは各々の車で会食会場の料理屋に向かった。

駅前大通りから一本裏に入った場所に建っている老舗日本料理屋は、怜一の曾祖父の代から商工会仲間だし、駅前にリサイクルショップを立ち上げてからは、駅前商店会の仲間でもある。現在のご主人と怜一も親しく付き合わせてもらっていて、一周忌会食のお願いをしに行った時には、ご主人から、お父さんとは飲み仲間だったんだ、飲み物はサービスさせてね、と言ってもらったほどだ。

その料理屋の奥まった一室。見合いや結納《ゆいのう》で使われる一番いい部屋だ。怜一が店のご主人に簡単な挨拶をしてから部屋に入ってみると、当然のように叔父夫婦が床を背にした一番の上座《かみざ》に座っていた。その横に叔母夫婦、ご主人の都合がつかない伯母は一人で座っている。向き合う位置に、母親方の伯母夫婦とその子供たちが座っている。背後でまどかが小さな溜め息をついたことに気づいた怜一は、坊さんがいるわけじゃないんだし、誰がどこに座っていたって構わないよ、と思いながら、部屋の一番下座に正座をして、膳を横にどかして挨拶をした。

「本日はお忙しい中、亡き父、母の一周忌法要に参列いただきまして、ありがとうございました。心ばかりではありますが、粗餐《そさん》をご用意させていただきました。父や母の思い出話を聞かせていただければ幸いです」

スラスラッと言い終えると、まどかがビールやジュースを注ぎに回る。怜一が自分の膳を戻した時には、すでに叔父は料理に手をつけ始めていた。とにかく叔父を黙らせておきたいので、特上の料理を用意したから、一通り食べ終えるまでは不愉快なことも言わずにいてくれたが、腹が満ち、水菓子が運ばれてきたところで、やっぱり始まった。

「怜一、今日はご苦労だったな」

「いえ。手筈《てはず》は全部、大番頭がやってくれたので」

おっとりと答え、にっこりと笑った。叔父はまどかにあからさまにいやな視線を向け、巨《きょ》峰《ほう》のゼリーを品なく口に運んで、怜一に言った。

「ところで、あれは結局どうしたんだ。怜一から頼まれるんじゃないかと思って、俺も気構えはしてたんだぞ。今日までなんにも言ってこないって、どうなってるんだ」

「ええと、あれと言いますと……」

「いや、あれだよ、相続税。まだ納めてないんだろ？　俺が相談に乗るからさ」

「ああ。ご心配いただいてありがとうございます。まあなんとか完納しました」

「えっ」

あまりに予想外だったのか、手にしたコップからビールをこぼすほど叔父は驚いた。母方の親戚は気まずそうに顔を伏せたが、葉山のほうの親戚は、皆目を丸くして怜一を凝視するのだ。葉山の親戚と母方の親戚、左右でべつの人種みたいだなぁとのんびりと思う怜一に、叔父は膳から身を乗りだすようにして言った。

「完納って、どうやったんだ。兄貴はそんなに金を残してたのか？」

「まさか。ウチはしがない質屋ですよ、大金なんかあるわけがないでしょう。土地を担保に銀行から借りました」

「馬鹿、怜一っ、なんでそんなことっ、借金なんかしなくても、あの土地を売ればよかっただろうっ、あとあと困っても、もう売れないぞっ」

叔父はまさに血相を変えている。『馬鹿、怜一』という言葉に、叔父の人柄と欲が透けて見えると内心で苦笑した怜一は、未だにあの土地を売りたがっている叔父に、呆れを通り越して哀れを覚えながら、おっとりと答えた。

「まあ、困ることもないと思いますけど……、どうしてもなにか入り用になったら、叔父さんたちに貸しているお金を少し返していただこうかと思っています」

「……っ」

叔父が言葉に詰まった。

部屋の隅でやりとりを聞いていたまどかは、うわぁ、と内心で思った。

（ストレートに言ったなぁ。怜一に誘惑された時も思ったけど、この馬鹿正直さは、お坊っちゃん育ちゆえなのか、それとも例の天然腹黒が発動して、おっとりのんびりを装って、叔父に恥をかかせているのか……）

まどかにも判断がつかない。ちらりと叔父を窺《うかが》ってみると、叔父は自分の姉妹のみならず、母方の親戚にまで借金を暴露《ばくろ》された恥ずかしさで顔を赤黒く染め、逆ギレして墓穴を掘った。

「お、俺は怜一に金なんか借りてないっ」

「ええ、父さんに借りたのでしょう？　でも僕は財産を放棄したわけではないので、父さんの融資は僕の融資として継ぎましたから」

「……そ、そうかもしれんけどなっ、なにも、こんな席で……っ」

「え、だって叔父さんが、ウチの勘定がどうなっているのか聞いてきたから」

怜一は困ったように首を傾げ、おっとりと続けた。

「ウチが困っていると思っているなら、貸しているお金、返してくださるのかなと思って……」

「も、もういいっ、ちゃんとやれているならっ、いいっ」

叔父はコップのビールを一息に呷った。そうですか、と言った怜一が、のんびりとゼリーを口に運ぶ。その様を見たまどかはますます、怜一のこれはわざとなのか、それとも本当に他意はないのかと悩んだ。

なんとも居づらい空気が部屋を満たす。さすがにこれはマズイと思ったのか、葉山のほうの伯母が慌てて話題を変えた。

「怜一もお店を継いで一年になるのね。もう仕事には馴れた？」

「ああ、はい。大番頭が頑張ってくれているので、僕はその分、新しいことを取り入れることができますし、まあそこそこやっています」

「あら、そうなの。怜一はのんびりしているから、お商売なんかできるのかしらと心配してたんだけど、ちゃんとやれているのね。へえ、そうなの。新しいことって、どんなことしてるの？」

「ああ、それなんです。大番頭には呆れられてるんですけど、いいものしか預からないし、買い取らないようにしたんです。だからウチにある品はみんな、本当にいい品ばかりなんです」

怜一は楽しそうに答えた。もちろん「いい品」とは、よからぬものがもれなく憑いてくる品ではなく、大切にされてきた品、善い気をまとっている品という意味だが、そんなことはまどか以外にわからない。案の定叔父がフンと鼻を鳴らして言った。

「質屋がいい品を預かるのは当たり前のことだろう」

「そういうことを言うものじゃないわよ」

「おまえは黙ってろっ」

叔父は実姉をおまえ呼ばわりして続けた。

「怜一はまだこんな子供みたいな歳だ。親父や兄貴だってたまに偽物を掴まされていたんだぞ。怜一にまともな目利きなんかできるものか」

「ちょっと、いい加減に、……」

「そうじゃなくても質屋なんて、傾いていくだけの仕事だ。続けるだけ損が出るんだよ。だから俺は怜一のためを思って、あの家土地売って、まともな仕事に就けと、こう言いたかったんだよ」

「まともな仕事って……、あんたはよくそんなことが言えるわね。お父さんが質屋の仕事を頑張ってくれたおかげで、あんたもあたしも大学まで出られたんじゃないのっ。親の仕事をまともじゃないと言うなんて、あんたこそまともじゃないっ」

「なんだとっ」

酔いも手伝っているのか、ますます叔父は気色《けしき》ばむ。まいったなぁ、と心の中で溜め息をこぼした怜一が、母方の親戚たちに、申し訳ありません、と目で謝ると、葉山のほうの叔母が、うんざりしたように言った。

「兄さん、もう、恥ずかしいからやめて」

「恥ずかしいってなんだっ」

「恥ずかしいでしょう、百合子《ゆりこ》さんのお姉さんとお義兄さんの前で」

「……っ」

百合子とは怜一の母親のことだ。今初めて母方の親戚の存在に気づいたとでもいうように、叔父がハッとして奥歯を噛んだ。叔母が心底呆れたような表情で言った。

「本当に兄さんは昔からいらないことを言うのよね。性根が悪いってお母さんがよく言ってたもの」

「おまえっ、兄貴に向かって性根が悪いとは、どういうつもりだっ」

「あたしじゃないです、お母さんが言っていたんです」

「この、…」

「はい、やめてちょうだい」

本格的に兄妹喧嘩が勃発しそうになったところで、伯母が割って入った。

「怜太郎と百合子さんの一周忌の席よ。弁《わきま》えてちょうだい」

「……」

「……」

叔父は歯軋りでもしていそうな表情で、叔母は呆れ返ったという表情で、それぞれ口をつぐんだ。溜め息をこぼした伯母は、うんざりして顔を伏せていた怜一に声をかけてきた。

「そうだ、怜一。ねぇ、これちょっと見てみて？」

「え、はい？」

怜一が顔を上げると、伯母が身につけていたナチュラルグレーのパールネックレスを外していた。話題を変えるにしても強引だ、と思った怜一が内心で苦笑をすると、伯母は席を立ってそばに来て、ネックレスを手渡した。

「ほら怜一はいいものしか扱わないと言っていたでしょう？　これ、どれくらいの価値があるのかしら」

「ああ、拝見します」

ネックレスを手に取ったとたん、怜一は全身にゾッと鳥肌を立てた。恐怖、とも違う。なにかいやなもの……、そうたとえば、葉裏にびっしりと取りついている毛虫や、道端に落ちている飴《あめ》に黒々とたかっているアリを見てしまった時の、生理的に受け付けない、ゾッとする感じがしたのだ。

（これには、なにか、憑いてる……）

久しぶりに心底いやな気分を味わい、動揺してまどかを見ると、なにかおかしいと気づいたまどかがさっとそばに来てくれた。まどかは怜一を支えるように、背中にそっと手を当ててくれた。

「見るだけだ。大丈夫だ、怜一」

「うん……」

まどかが近くにいることで安堵した怜一は、ホッとしたところで、なにかが膝の前で動いたことに気づいた。なんだろう、と思ってそれを見た怜一は、あまりのことに呼吸を忘れてしまった。目の前の膳の下に、老婆がいるのだ。缶コーヒーほどの大きさの、ぼろをまとったしなびた老婆が、膳の脚に半身を隠すように立っている。怜一と目が合うや、ニタリ、と笑った。

「……」

怜一は慄然《りつぜん》としながら老婆を見つめた。老婆も怜一を見つめ返してくる。老婆はニヤニヤと薄笑いを浮かべ、次はおまえだ、と口の動きで伝え、ピョンピョンと飛び跳ねた。

(次はおまえって、どういう意味だ……)

意味がわからずに老婆を見る。老婆は顔をくしゃくしゃにして笑い、怜一が手にしているネックレスを指差した。ああ、と怜一は気づいた。

(なんてことだろう……、このネックレスに憑いている老婆だ)

ひどすぎる、と思った。どれほど謙虚に好意的に見ても、この老婆からは幸福感の欠けらも感じられない。恨み、つらみ、憎しみ……、そんな感情ばかりが伝わってくる。いったいどんな恐ろしい因縁があるんだろう、と心底ゾッとしながらネックレスに視線を戻した。

(ナチュラルグレーのパール……、一粒十ミリはある。和物だ……)

テリもいいし、ほとんど真円の極上品だ。これほどのパールは国産ではもう獲れない。今これをどこかの店で買うとなったら、三百万近くはするだろう。怜一はそっと深呼吸をして老婆を見てしまった動揺を抑え、伯母に答えた。

「いい品ですね。ウチで預かるなら百万、買い取りなら百三十万は出すほどいい品です。もし今これが宝飾品店で売られていたとしたら、三百万はする一流品ですよ」

怜一は手のひらに汗をにじませ、放り出したいのをこらえて伯母にネックレスを返した。

「まあ、そうなの!? 知らなかったわ、お義姉さんから結婚祝いにいただいたものなのよ」

怜一に礼を言った伯母は、嬉々《きき》としてネックレスを首につけ、自分の席に戻っていった。よくあんなものを身につけて平気でいられるな、と伯母に感心した怜一は、そっと手のひらの冷や汗をズボンで拭ったところで気づいた。あの老婆が、ネックレスを追って伯母の膳に小走りで駆けていったのだ。

「……」

怜一は思わずみんなを見回してしまった。なにしろ各人の膳で囲まれた四角い空間、なにもない畳の上を、堂々とミニチュア老婆が走っていくのだ。けれどももちろん、誰一人ミニチュア老婆は見えていない。老婆は伯母の膳にたどり着くと、それをくぐってピョンと伯母の膝に飛び乗った。喪服を掴んでよじ登り、最終的に伯母の左肩にちょこんと座ると、ヒヒヒという声が聞こえてきそうな顔で笑ったのだ。

「……」

あまりの恐ろしさに怜一はまどかの手をギュッと握りしめてしまった。

冷たく湿った怜一の手にまどかはドキリとした。怜一がこんなに動揺することはめったにない。大丈夫、落ち着け、という気持ちを籠《こ》めて怜一の手を握り返すと、まどかはにっこりと営業スマイルを浮かべて伯母に尋ねた。

「本当に素晴らしいグレーパールです。そちらのお義姉様にいただいたということですが、お義姉様もまた、どなたかからいただいたものなのでしょうか」

「……あら。どうして？」

「グレーパールでそれほど粒の大きな真珠は、今はもう、手に入らないのです。明治か大正あたりの富裕層がオーダーしたものだと思うので」

「あら、そうなの。ええ、お義姉さんも姑にいただいたと言っていたわ。姑も昭和生まれだから、きっと大姑からいただいたんでしょうね」

「ああ、わかります。それだけ素晴らしいお品です。そうしたものを代々引き継いでいかれる、由緒あるお家に嫁がれたのですね」

「ええ、まあ、ね……」

伯母はひくっと口元を引きつらせ、曖昧《あいまい》な微笑を浮かべた。いつもの伯母なら、まどかの追従《ついしょう》で大喜びするはずだけどな、と怜一が思っていると、せっかくおとなしくしていてくれた叔父が、ハッ、と短く笑って憎まれ口を叩いた。

「そうだよ、まどかくん。たしかに姉さんの嫁ぎ先はね、先代まで、そりゃ立派な家だったよ。誉田精密《ほんだせいみつ》って知ってるか？」

「ああ、はい、有名なネジメーカーですね」

「そう。一時は特殊ネジで日本の八割のシェアを占めていたくらいだ。そりゃもう裕福で、姉さんは鼻高々だったよ。なにしろ未来の社長夫人だものな」

「ちょっとやめてっ」

「本当のことだろう。それが今じゃ姉さんの旦那は社長どころか関連会社の部長職だよ。誉田御殿と言われてたあの屋敷も売り払ってさ、跡地にはマンションが建ってる。由緒ある家かなんか知らないけど、今や一族バラバラだよ」

「……っ、ウチの不幸がそんなに楽しいの!?」

ハハハと面白そうに笑った叔父に、伯母がブチ切れた。今にも膳を引っくり返しそうな勢いを恐れたまどかが、慌てて二人を取り成す。

「お二人とも、今日は先代の一周忌ですから、…」

「ああそうだ、それも言いたかったんだよ、まどかくん」

酔っている叔父の攻撃が、今度はまどかに移った。

「今日は兄貴たちの一周忌だ。ね？　一周忌ってのは、身内だけでやるもんだよ。その席に、なんだって他人のまどかくんがいるんだ。面白くない。俺は面白くないよ」

「あいすみません、皆様のご用を承《うけたまわ》ろうと、……」

「大番頭だからって大きな顔してるけど、それだって伊作が急に辞めたから、兄貴の温情で、あんたが繰り上がっただけだろう」

「はい、おっしゃるとおり、……」

「だいたいだよ。兄貴の知り合いの子供だから、葉山の家に置いてもらってたんだろう？

その兄貴はもういない、あんただってもう大人だ。いつまで葉山の家にいるつもりなんだ。

ええ？　それとも、あの家を出たくないよっぽどの理由があるのか。怜一のそばにいると、なんか得でもするのかい、どうなんだ、ええ？」

「いえ、わたしはただの使用人です。『藤屋』のために尽くすことが、育てていただいた先代への恩返しになると、それだけを思っています」

ひたすらまどかは頭を下げた。嫌みでいやらしい叔父の言葉だが、そう思われても仕方のない立場にいると自分でもわかっているのだ。それに、頭は下げるためについているんだよ、という怜一の父親の言葉も心に根付いている。酔っ払いの強欲オヤジに頭を下げるくらい、なんとも思わなかった。

怜一もまどかが叔父をあしらっていることはわかっていたが、それとはべつに、叔父がまどか自身のことについてあれこれ言うことに腹を立てた。親戚とは名ばかりの他人よりも遠い存在のくせに、いつだって自分たちのことを支えてくれたまどかのことをつべこべ言える立場か、と思いながら、おっとりのんびり怜一は言った。

「でもねぇ叔父さん。まどかは僕が生まれる前から葉山の家にいるんです。もうずっと一緒に暮らしているので、まどかは家族同然なんですよ」

「そんなことは知ってるよっ」

「ああ、そうなんですか、ご存じないと思ってて。なにしろ両親の葬儀の時、線香番にもなってくださらなかったから」

「それはっ、こっちにだって都合がっ」

「そうだったんですか。実の兄の線香番も務められない用事とは、よっぽどのことだったんでしょうねぇ、通夜にも来られなかったくらいですものねぇ、お忙しくてなによりです」

「今はそんな話をしているんじゃないっ」

「あ、まどかのことでしたね。僕にとってまどかは兄ですし、父も、まどかはウチの子だと口癖のように言っていたし。この席にいるのは当たり前だと思うんですけどねぇ」

「他人は他人だっ。番頭なら下足番《げそくばん》でもしてりゃいいものをっ、この席にまでくっついてきてっ、何を考えてるかわかったもんじゃないっ」

「なにを考えているかですか。まあ、年に一回、会うか会わないかくらい冷めた間柄《あいだがら》の人からなら、たまに親切ぶったことを言われたところで、欲得ずくなんだろうなぁと思うところですけどねぇ」

「……っ」

叔父がグッと言葉に詰まった。さすがに、俺のことを言っているのか、と言わないだけの分別は持ち合わせていたようだが、怜一が嫌みを言っているのか、ボンボン育ちゆえの他意のなさから出た言葉なのかわからないようだ。聞いていたまどかは、今のは確実にわかっていての嫌みだなと思い、こっそりと溜め息をこぼした。

もう酔い潰してしまえと思ったまどかが、叔父のコップにビールを注ぎ足すと、やめてくれればいいのに、今度は叔母が口を開いた。

「もうあたしたちは葉山の家を出ているんだから。あとのことは怜一に任せておけばいいじゃないの」

「任せているだろうがっ」

「じゃあもう遺産がどうのこうのなんて言わないでよ。兄さんだって上の兄さんにはさんざん世話になってるじゃない。借金だって結果的に踏み倒した形になって、…」

「なにをっ!?」

「そうでしょ。怜一だって知っているのに、いっぺんだって返せなんて言ってこなかったじゃないの。親を一度に亡くした甥っ子なのよ？　そんな子から遺産までかすめ取ろうなんて、あたしにはとうていできないわ」

「おいっ、もういっぺん言ってみろっ、誰が遺産をかすめ取るだと!?」

「誰が見てもそうでしょうよ。兄さんも、いつまでも上の兄さんを妬むのはやめてよ、みっともない」

「…っ、俺がいつ兄貴を妬んだよ!?」

ブチ、という音が聞こえたかと思うほど、潔く叔父がキレた。お膳を引っくり返さないで、畳が駄目になる、とまったく方向の違うことを怜一が心配していると、叔父は膳を引っくり返す代わりに立ち上がり、酔っ払いらしくフラフラしながら姉妹を交互に指差した。

「おまえらはっ、昔から兄貴の肩ばかり持ってて、なにかっていうと俺を馬鹿にしてて」

「してないわよ。上の兄さんを妬んでいるから、そう思うんでしょう?」

「黙れっ、もういいっ、おまえらの気持ちはよーくわかったっ、もう親父もおふくろも兄貴もいない、おまえらと付き合う義理もないっ、今日限りで縁を切ってやるっ」

激高《げっこう》した勢いだけで叔父はそう言った。誰かが取り成すだろうと思っていたのだろうが、どうぞご自由に、と叔母が言い、伯母のほうはそっぽを向いて溜め息をこぼしただけだったので、振り上げた拳《こぶし》のやりどころがなくなったらしい。叔父は怒りで顔を赤黒く染めると歯を食いしばり、乱暴な足取りで部屋を出ていった。

ほう、と誰も彼もの口から息がこぼれた。怜一は母方の親戚に、申し訳ありませんでした、ときっちりと頭を下げてから、葉山のほうの伯母におっとりと尋ねた。

「伯母さん。やっぱり僕から頭を下げたほうがいいでしょうか」

「放っておけばいいわよ。怜一が謝る理由なんか一つもないじゃないの」

「はぁ、でも、このままだと叔父さん、本当に縁を切りそうですよ」

「勝手に切ればいいのよ。あの子はね、お父さん……、ああ、怜一のおじいさんが亡くなった時も、遺産相続で引っ掻き回したんだから」

「そうだったんですか？」

「そうよ。自分は次男なんだから、上の兄さんと自分とで半分ずつ相続する権利があるんだって。嫁に出たわたしたちには一銭もやらないと言い放って、怜太郎に馬鹿者って怒鳴られたくらいなのよ。あの子は本物の業突張りよ、お金のことしか考えてないの」

「父が怒鳴ったんですか、想像ができません」

「それくらい、怜太郎も腹に据えかねたということよ。おじいさんが怜太郎とあの子を差別してたなんてないのよ。ただ、怜太郎は跡取りだから、勉強でもなんでも頑張ってね。外での評判がすごくよかったの。それでどうしても比べられてね。そのコンプレックスで、あんな兄弟の情もないくらい歪《ゆが》んでしまったのよ」

「はあ……」

「いい機会だわよ。これからは冠婚葬祭の付き合いだけにしてしまいなさい。あの子に関わっていたって、怜一にはいいことなんか一つもないから」

「あの、はあ……」

父親兄弟のドロドロした話を初めて聞いて、怜一は内心で驚いた。父からは兄弟が不仲だなどと聞いたこともなかったのだ。けれどあの叔父なら、姉や妹に暴言を吐きそうだとも思う。実の兄弟って、血の繋がりがあるぶん遠慮がなくて、難しいこともあるんだなぁと思った。

食後のお茶が振る舞われ、怜一が散会の挨拶をして、会食はなんとか終わった。母方の親戚に重ねて詫びを言って見送ったあと、まだ部屋に残っていた伯母たちが、かしこまって怜一に頭を下げた。

「怜一、今日のこんな席でこんなことを言って、本当に申し訳ないんだけど」

「なんですか、頭を上げてください」

「怜一も知っていると思うけど、わたしたちも怜太郎にお金を借りているの」

「ああ、はい……」

「返せなくて、本当にごめんなさい。図々しいことを言っているってわかっているの、でもお願い、あのお金、いただいたことにできないかしら」

「はあ……」

「うちも、妹の家も、子供たちがまだ学生で、本当に家計が苦しいの。お願いします、あのお金、ください」

「ああ、本当にそんな、頭を上げてください」

三十も上の大人から頭を下げられると困惑してしまう。怜一はおっとりとほほえんで答えた。

「返せとは言いませんよ。今日はたまたま、叔父さんがあんなことを言いだしたから」

「ええもう、本当に、あの子は……」

「父さんも伯母さんたちにさしあげたつもりだったと思うので、僕から催促することはありません。心配しないでください」

「本当にごめんなさい、ありがとう、ありがとう。助かるわ」

「ああ、でも一つだけ。叔父さんには僕がこう言っていたことは言わないでください。なんだかまだ、ウチの土地を諦めていないような気がするので」

「ええ、もちろんあの子には言わないわよ」

伯母たちはあからさまにホッとした表情を見せた。伯母さんたちも結局はお金じゃないですか、と怜一は内心で苦笑しながらも、今日はありがとうございましたと、穏やかな微笑で礼を言った。

とても一周忌の席とは思えない大騒ぎの会食を終えて、まどかとともにハイヤーで自宅へ向かう。はあ、と溜め息をついてぐったりと背もたれに体を預けた怜一に、お疲れ様、とまどかが言った。

「なにはともあれ、終わってよかった」

「うん。三回忌はもうやらない。僕とまどかと二人で墓参りすればいいよ」

「ああ。俺もそれでいいと思う。二年経ったら、おじさんたちの命日も忘れていそうな親戚だしな」

「うん、忘れてるね。覚えてたって呼ばなきゃ来やしないよ。納骨の時も来なかったくらいだもの」

呆れた溜め息をこぼした怜一が、ズルズルズル、とまどかの肩に寄りかかって目を閉じた。

疲れたんだな、あの親戚だもんな、と思ったまどかは、よしよしと怜一の頭を撫でて、言った。

「でもあれでよかったのか」

「あれって?」

「あんなにあっさり、借金を帳消しにしてやって」

「いいんだよ。三百、四百万で恩を買ったようなものでしょう。これで伯母さんたちは僕に頭が上がらないし、叔父さんは孤立無援《こりつむえん》。もう面倒なことは言ってこないだろうし、それを考えたら安い買い物だよ」

「……怜一は本当に、おっとりしているのかキツいのかわからないな」

「キツいうちに入らないでしょう? 叔父さんたちを困らせるようなことはなにも言ってな

いじゃない」

「……」

ああ、あの嫌みに当て擦りも無意識なのか、天然腹黒が出たわけだ、とまどかが思っていると、ふう、と息をついて怜一が続けた。

「叔父さんだって、強欲なだけなら気にしないよ。でも、まどかにひどいこと言った。まどかのことをあれこれ言うのは、叔父さんであれ誰であれ、僕は絶対許さない」

「でも、本当のことを言っていただけだよ」

「どこが？　僕より長く葉山の家にいて、おんなじごはん食べて、父さんたちの葬式も取り仕切ってくれたまどかが他人なら、叔父さんなんかミドリムシだ。僕にとっては人類の括《くく》りにも入らないよ」

「怜一……」

「伊作さんが辞めたあと、父さんがまどかを番頭に据えたのは、まどかにそれだけの実力があったからだよ。ウチは現金を用立てする仕事だよ。お客さんのために、目利きもできない人間を番頭にするなんて、父さんがそんな馬鹿なことするわけがないじゃないか。叔父さんは父さんのことまで馬鹿にしている」

「そうだな……」

「それに、まどかは僕のものだ。僕のものに家を出ろだのなんだの言わせない。今度またまどかになにか言ってきたら、貸し金返済の訴訟を起こして、徹底的にいやがらせをしてやる」

「怜一。借用書もないのに、…」

「僕はお金を返してほしいとは言っていないよ。いやがらせをすると言ったんだ」

「ああ……、もう……」

こうまで正直だと、腹黒ではないのではないかと思えてくる。自分の大事なものを守るためには牙《きば》を剥《む》くとか、そういう感じだろうか。ただやっぱりやり方がキツいな、とまどかは思い、苦笑しながら怜一に言った。

「あまりいろいろ波風立てないほうがいい。薮《やぶ》の中や沼の底は引っ掻き回さないというのが世知《せち》というものだよ」

「……まどか？　どういう意味？」

「うん？　べつに？」

「……」

なにか隠してる、と直感した怜一は、まどかの肩にもたれたまま、至近からまどかを見つめた。ふっと微笑したまどかだが、すぐに前を向いてしまう。目を合わせたくないのだろう。やはりなにかを心に隠しているということだ。まどか自身のことになると、いつもこうだ。

（今さら僕に隠すことなんてないでしょ？　ないはずだよね……？）

四半世紀も一緒に暮らしているのに、言えないことなどあるのだろうか？　あるならなぜ

言ってくれないのか？　心の一番深いところでまどかに拒絶されているように感じられ、怜一はひどく苛立った。

　まどかは、肩にかかる怜一の重さが、若干軽くなったことを感じた。怒るか拗ねるか不貞《ふて》腐《くさ》れるかで、体に力を入れたせいだろう。ちらりと怜一を窺うと、ムゥ、と口をとがらせている。なにが王子様の気に障《さわ》ったんだろうなと思いながら、ご機嫌取りで頭を撫でてやった。それでも怜一はむくれている。ご機嫌取りが甘い、と言っているようで、思わずククと笑ってしまったまどかは、ドライバーに気づかれないようにそっと怜一の頭にキスをした。とたんに怜一が、ふふ、と笑った。ご機嫌が直り、もっと甘やかせと言わんばかりに、ゴロリとまどかの膝に頭を載せた。まどかは、可愛いけど困ったヤツだな、と思って微苦笑をした。せっかくドライバーの視線を避けていたというのに、これで台無しだ。怜一はドライバーの存在などまったく無視をして、まどかの頬にふれながら言った。

「疲れた」

「もうすぐ家に着くよ」

　疲れた、が甘えの口実だとわかっているまどかは、優しく怜一の頭を撫でてやった。満足そうに、くふ、と笑う怜一が可愛い。こんな子供のような面もあるのに、ニコニコしながら相手に毒を浴びせる面もあるのだ。怜一は芯のところで他人を信用できないのか、だとしたらどこで育て方を間違えたんだろう、と今さらなことを悩みながら、ご機嫌な犬の子のような怜一に尋ねた。

「そういえばさっきのことだけど。あのグレーパールのネックレス」

「ああ……、あれねぇ……」

「すごく怖がっていただろう。怜一にはなにが見えたんだ？」

「まどかも見たでしょう？　老婆だよ」

「老婆……？」

「気がつかなかった？　お膳の下から僕を見てたんだよ。缶コーヒーくらいの大きさで、ボーボーの白髪で、ガリガリの体で、ボロ布みたいな着物着てて……、ああ、あれだ、地獄の脱《だつ》衣婆《えば》にそっくりだった」

「……それが、膳の下から怜一を……？」

「見てた。ニヤニヤしながら」

「……」

想像して恐ろしくて息を呑んだまどかに、怜一は溜め息をこぼしたものの、のんびりと言った。

「疫病神っていうより、怨念じみたものを感じたなぁ。僕、あんなにゾッとしたのは初めてだよ。なんか祟《たた》りとか、そういうものなのかなぁ」

「ああ……」

「さっき叔父さんが言ってたじゃない、伯母さんの嫁ぎ先が傾いたって。あの呪いの老婆のせいじゃない？　まどかはどう思った？」

怜一に聞かれて、まどかはうーんと考えた。もちろんまどかには呪いの老婆など見えなかったが、怜一が本当のことを言っていることはわかっている。

「伯母さんの嫁ぎ先、誉田精密だったよな」

「ああ、うん」

「たしか誉田精密の先代は、不審死を遂げているよ。五、六年前かな。新聞にも載った。覚えていないか？」

「え、ごめん、知らなかった……」

「寝室でめった刺しにされて殺されたということだったけど、お金も貴金属もなにも盗られていないらしい。しかも隣で寝ていた奥さんはなんにも気づかなかったってことだ」

「そんなことあるのかな……」

「奥さんは朝、目を覚ましたとたん、そんなご主人を見てしまったわけで、精神に異常をきたして、今も入院しているらしい。これは週刊誌のネタだから、事実かどうかはわからないけど」

「犯人、捕まってないの？」

「捕まっていない。誰かが屋敷に侵入した形跡もないんだそうだ。平成のミステリーとか言われてるよ」

「ふぅん……」

「そのあと跡取り息子である伯母さんのご主人が会社を継いだんだけど、大きな投資が失敗して、上場が廃止にまでなった。これは知ってるだろう？　新聞の一面に載ったぞ」

「ああ、うーん、載ったかなぁ……」

「……怜一は今でも新聞読まないもんなぁ」

はあ、とまどかは溜め息をこぼした。怜一はごめんと素直に謝ったものの、これからは読むよとは言わない。今時の若い子だなぁとまどかが苦笑をこぼすと、あ、そうか、と怜一が言った。

「それで伯母さんのご主人は、関連会社に出向になったってわけか」

「そう。誉田精密本体は外部から招いた社長が再建中だ。たぶん創業者一族は戻れないだろうね」

「そうなんだ。怖いねぇ」

本心はたいして怖いと思っていないらしく、まどかの膝で甘えたまま、怜一はのんびりと言った。

「さっきネックレスの老婆が、次はおまえだって僕に言ったんだ」

「……次は、おまえ……？」

「そう。ニヤニヤしながら、次はおまえだって。あのネックレスを持ってたら、次は絶対にウチが不幸に見舞われるよ。伯母さんのところの祟りは、きっとあのミニチュア老婆のせいだと思うな」

「祟りか……尻がキュッとするほど恐ろしいな……」

「入院してるっていう先代の奥さんも、あのネックレス、誰かから譲られたと思うんだ。あんな、末代まで祟るぞ的な老婆が憑いているんだもん、手に入れた瞬間から人生、駄目になるに決まってる。孫子《まごこ》に贈る前に血筋が途絶《とだ》えると思うな」

「ああ、それで、金持ちの家から家へと渡ってきたのか。真珠自体は極上品だからな」

「伯母さん、あの老婆を肩に乗せていたよ。よく平気でいられるよね。知らないって幸せだねぇ」

いや、それは言葉の使いどころを間違えている、と思ったまどかは、缶コーヒーサイズのミニチュア脱衣婆があの伯母の肩に乗っているところを想像して、ゾワッと鳥肌を立てた。

さすがに伯母を可哀相に思い、まどかは聞いた。

「老婆のこと、伯母さんに教えないのか」

「教えたところで信じやしないよ。三百万はするネックレスだって教えた時の伯母さんの嬉しそうな顔、見たでしょう？　老婆が憑いていようがなんだろうが、死ぬまで手放しっこないって」

「……」

まるで他人事のように怜一は言う。キツいというより情が浅いのだろうかとまどかは思ったが、しかし自分の膝でごろごろと甘える怜一の、自分への執着を考えるとそうではなさそうだ。

(抱く前までは、本当に可愛い怜一だったんだが……)

深い関係になるほど怜一のことがわからなくなる。けれどその、わからなさに惹《ひ》かれているのも事実だ。つくづくはまってしまったなぁと思い、そんな自分が幸せで、まどかは目を細めて怜一を甘やかした。

自宅に帰り着き、茶の間に入るやいなや、怜一は、礼服の上着も脱がずに、座布団を枕にゴロリと横になってしまった。気疲れが相当だったのだろうとまどかは思い、冷蔵庫に常備してある市販のコーヒー牛乳を、ぬるいという程度に温めて出してやった。疲れている時の怜一にはこれが一番効く。

「怜一、コーヒー牛乳。ぬるくしたから」

「うーん……」

「夕飯まで、部屋で休んでいたらいいよ」

「ん……」

だらだらと起き上がった怜一は、コーヒー牛乳をそうっと口に含み、ふう、と溜め息をこぼした。

「さっきは母さんのほうの親戚に申し訳なくて……、帰っていただくわけにもいかないし、気の遣いようがないのに気を遣ったからかな、すごい疲れた……」

「あちらもわかっておいでだよ。帰りがけには俺を労《ねぎら》ってくださったし」

「そうだったの？　あちらの伯母さんも義伯父さんも従妹も、本当にいい人たちだよね。それに比べてこっちはもう本当に……。じいさんは本当に父さんとわけ隔てなく、叔父さんたちを育てたんだろうか……」

卓袱台にあごを載せて怜一は溜め息をこぼす。まどかもうーんと首を捻った。

「おじいさんじゃなく、おばあさんに問題があったのかもしれないな。俺はおばあさんが亡くなるまでの一年だけ、この家で一緒に暮らしていたからわかるけども。子供ながらに、昔からの商家の奥様という感じだなと思っていたよ。線引きというか区別というか、厳しい人だった」

「意味がわからない」

「立場を重視する人だったということ。夫ではなく大旦那。長男ではなく若旦那。長男の妻ではなく若旦那の嫁。おばあさんも大店《おおだな》のお嬢さんだったらしいから、ゴリゴリに家父長制度が染みついていたんじゃないのか」

「あー……。何事も跡取り優先て感じ？」

「だったんじゃないかな。俺はお手伝いさんに構ってもらうことが多かったから、よく台所にいたんで知ってるけど。家紋のついた食器があるんだよ。それを使っていいのは、大旦那、若旦那、大奥様だけだった」

「はあ!?」

「そういう細かいところでの差別……、が、ほかにもいろいろあったんじゃないのかなと。おばあさんが亡くなってから、おじさんが、しきたりからなにかから全部変えてしまったけどね」

「もー、ばあさん……未来の若旦那のことも考えて子供を育ててほしかったよ……」

正直すぎる怜一の感想を聞いて、まどかはプクと笑ってしまった。そこへ、

「ああ、坊っちゃん、あいや、若旦那、お帰りでしたか」

伊作がひょっこりと顔を出した。怜一が卓袱台から体を起こすより先に、まどかが険しい表情で伊作に言った。

「伊作さん。従業員が断りもなく母屋に入ってくるのは、どうかと思いますよ」

「まぁいいじゃない、まどか。前は伊作さんも母屋に出入りしてたんだし」

「……」

怜一が、取り成すというつもりもなくそう言うと、まどかはグッと唇を引きしめて黙り、瞬間、怜一にも険しい目を向けた。だがすぐに、怒りを抑えるようにふいと視線を逸《そ》らした。

それを見て、しまった、と怜一は自分の失敗に気づいた。

(あー、またやってしまった、今の大番頭はまどかだよ、伊作さんに大番頭時代の振る舞いを許したら、まどかが気を悪くするのは当たり前なのに)

けれどもう、口から出てしまった言葉は消せない。自分の甘さというか緩さにほとほと呆れる。どうこの場を取り繕うかと困っていると、茶の間の敷居ぎわに膝をついて伊作が言った。

「本日は大旦那様と奥様の一周忌でございますから、帰る前にお線香を上げさせていただけないかと思いまして」

「ああ、ええ、ありがとうございます」

まだ五時前だが、店仕舞いをしてからでは夜分になってしまう。そんな時間に母屋を訪れるよりはいいだろうと伊作は判断したのだろう。ともかくも仏間に通そうと思って立ち上がると、まどかも立ち上がって、素っ気なく怜一に言った。

「駅前店に戻る」

「え、あの、まどか、だって……」

すたすたと玄関へ行ってしまうまどかを追って、なんとか式台で腕を掴むことができた。

「まどか、待って、着替えは?」

「上着脱いで、ネクタイ外せばいいだろう」

「ねぇごめん、ごめんなさい、また伊作さんを身内扱いして……」

「いいんじゃないか？　若旦那がそれでいいって思うなら。俺も番頭のくせに怜一と一緒に食事しているくらいだし」

「そんな、だって、ここはまどかの家じゃないか、ごはんだってなんだって一緒にして当たり前だよ……」

「そうか？」

靴を履いたまどかは、くるりと振り返ると、怜一が涙ぐみそうになるほどの、恐ろしく空々しい作り笑いを浮かべて言った。

「それはどうもありがとう」

「まどか、ねぇ、本当にごめん、…」

まどかは答えず、さっさと玄関を出ていった。怜一は深い溜め息をこぼして呟いた。

「まどかはなんでこんなに、伊作さんのことを嫌うんだろう……」

もちろん自分が、「優しい伊作おじさん」という、子供の時の気持ちで伊作に接していることが悪いことはわかっている。伊作に対して一線を引けず、大番頭が二人いるような状況を作ってしまったことが間違いなのだ。けれどまどかの伊作嫌いは、立場を弁えない伊作を煙たく思うこととはべつに、もっと根が深いなにかがあるような気がするのだ。

「僕の知らないところで、なにかあったのかなぁ……」

怜一は唇を噛んで溜め息を呑みこむと、微笑を作って伊作が待つ茶の間へと戻った。


一周忌がすんで一週間ばかりが経った日だった。

「怜一、夕食」

「わかった」

いつものように報せてくれたまどかにうなずいて、怜一は伊作に言った。

「あとのことは僕がやりますから、伊作さんはどうぞ上がってください」

「そうですか？　なんだかすみませんねぇ、坊っちゃんより先に上がらせていただいて……」

「伊作さん、若旦那でお願いします。まどかのことは大番頭と呼んでください」

「ああ、そうでしたそうでした、すみません。それでは若旦那。お先に上がらせていただきます」

「はい、ご苦労様」

きっちりと頭を下げた伊作が支度部屋へ引き取っていくのを見送って、これでいいんだ、と怜一は思った。ともかくも自分を若旦那と呼ばせ、まどかのことも大番頭と呼ばせるところから始めなくてはと思っているのだ。あとは帳面付けだけなので、帳簿を抱えてまどかとともに茶の間へ戻る。卓袱台に並べられている夕食を見て、怜一はパアッと明るい笑顔になった。

「チキンカツだぁ」

「チーズ入りだって。よかったな」

「うん、久しぶりだよねぇ。あっついうちに早く食べよ、う……。いただきます……」

好物が出て無邪気に喜んだ怜一だが、その気持ちはすぐにしぼんでしまった。小僧の寿司か怜一のカツか、というくらいたっぷりとソースをかけてカツに齧《かじ》りついた怜一は、そうっと上目遣いにまどかを見て、口をへの字にした。伊作に母屋への出入りを許してしまってからというもの、自分を見るまどかの目から、あの心が浮き浮きするような甘さが消えてしまったのだ。

(前までなら、僕の好物が出た時は、まるで自分が作ったみたいにニコニコしてくれたのに……)

今はそれもない。怜一を見る目は「ふつう」だ。ふつうに身内に向ける、ふつうの目。怜一への恋情が跡形もなく醒めてしまったように。

(僕が悪いんだよ、わかってる。伊作さんを雇った時、あんなにまどかは怒ったんだから……)

伊作への対応は、もっと慎重にしなければならなかったのだ。自分を若旦那と呼ばせることも然《しか》り。ただの従業員、しかも伊作はバイトだ、その立場で勝手に母屋へ出入りしてもらっては困ると言い渡さなくてはいけなかったことも然り。

（いくら昔は大番頭で身内だったとはいっても、今の伊作さんは他人だもの……）

我がもの顔で、母屋というプライベートスペースに入ってこられたら、まどかの気分が悪くなるのは当たり前ではないか。

（だからまどかは怒って……、僕にキスしてくれないし、抱きしめてくれないし、甘やかしてくれないし、セックスだってしてくれない……）

自分から誘えば応えてくれるとは思うが、それもなんだか「若旦那の頼みなら」と思っていそうで怖いのだ。一線を引かなくてはならない伊作にはうまく引けず、ベタベタにくっついて一つになってしまいたいまどかには、恋人になる前の一線より、さらに何倍も幅の広い線を引かれてしまった。

（時間をかければばってものじゃないよね、まどかは伊作さんが嫌いなんだろうし……）

だからといって解雇することもできない。計画中の高級ブティック風リサイクルショップが完成したら、そちらをまどかに任せ、伊作は駅前店に異動させようか、などなど、怜一は悶々《もんもん》と考えた。

会話らしい会話もなく、あらかた食べ終えた頃、お手伝いさんが申し訳なさそうに顔を出した。

「お食事中、すみません。怜一さん、誉田様がご夫妻でおいでになりました」

「え、伯母さんが？」

パッと掛け時計を見ると八時半を過ぎている。こんな夜分に、しかも夫婦揃ってとは何事だろうと思い、ともかくも応接室に通すように指示をした。

「伯母さんだけならともかく、義伯父さんも一緒ってなんだろう。僕、着替えたほうがいいのかな、このままでも平気だと思う？」

「そのままでいいだろう、急な訪問だし。しかし電話の一本もないって、伯母さんはともかく、誉田さんらしくないな。ああ怜一、口にソースがついてる。ほら手拭き」

「あ、うん」

手拭きを渡されたことくらいで怜一は嬉しくなってしまう。ニコリともしないまどかだが、口にソースがついていることに気づくくらいは、怜一のことを見てくれているのだと思った。

「まどかも同席する？」

「いや、身内の話なら俺はいないほうがいいだろう。駅前店に戻るよ。あとで話聞かせて」

「あの、うん、わかった」

『身内の話ならいないほうがいい』……。その言葉になにか含みがある気がして、怜一は視線を逸らして曖昧にうなずいた。一つ深呼吸をし、気持ちを切り替えて応接室に向かう。

「お待たせしてすみません」

応接室は玄関から廊下を一直線に進めばたどり着く、この家の東南角の和室だ。角だから、昼間は障子を開け放てば、東から南へとぐるりと庭が眺められるが、あいにく夜の今は雨戸も障子も閉めているので、景色もなにもない。それでも調度は銘品ばかりなので、目の肥えている誉田なら楽しんでくれるはずと怜一は思った。

お手伝いさんがお茶を運んできてくれて、部屋に三人だけとなると、誉田から口を開いた。

「怜一くん、ご両親の一周忌に参列できなくて、本当に申し訳なかった。ようやく今日、早く仕事を切り上げることができたので、ともかくもこちらへ伺わなくてはと思って、こんな時間に電話も入れずに来てしまった、すまない」

「いえいえ、食事もすんで、のんびりしていたところですから」

「本当に申し訳ない。まずは怜太郎さんと百合子さんにお線香を上げさせてくれないか」

「はい、ありがとうございます」

二人を仏間に案内した怜一は、どうも伯母の様子がおかしいことに、内心で首を捻った。あのお喋りな伯母が口を開かない。怜一を見ない。ずっとうつむいている。これはいったい、なんの凶兆だろうと妙な具合に心臓をドキドキさせながら、応接室へと戻った。

「お茶を取り替えましょうか、冷めてしまいましたから」

「いや、それには及ばない」

義伯父は座布団を外すと、なにを血迷ったのか畳に手をついて怜一に頭を下げたのだ。

「申し訳なかった、怜一くんっ」

「えっ、あのっ、なに、とにかく頭を上げてください…っ」

予想だにしない義伯父の行動に、怜一も混乱してしまう。義伯父の隣で伯母まで頭を下げたものだから、どうすればいいのかわからなくなって、慌てて義伯父の前に膝をついて、ともかくも顔を上げてもらった。

「誉田さん、本当に、顔を上げていただかないと、話も聞けませんからっ」

「恥ずかしくて、怜一くんの顔を見て話せるようなことじゃないんだっ、本当に本当に申し訳なかったっ」

「あの僕、どうして誉田さんに謝っていただいているのか、それすらもわからないんですが…っ、とにかく顔を上げてください、どうぞ座布団をっ、長尾さんっ、長尾さん、お茶をお願いしますっ」

お手伝いさんを呼ぶことで場の空気を変えたものの、誉田も伯母も、座布団は敷かずに正座を崩さない。まいったな、なんだろう、と困って、義伯父と伯母を交互に見ていると、膝の上でギュッと拳を握りしめた誉田が言った。

「怜太郎さんの一周忌の晩に、家内から、ウチが怜太郎さんに貸していただいたお金を、帳消しにしてくださったと聞いて…っ」

「あの、いいえ、いいんです、僕が言うのもおかしいですけど、父は伯母さんにさしあげたつもりでいたので、…」

「そうじゃないんだ、怜一くんっ」

「わたしは、月々とはいかなかったけれども、返せる時に返せるだけを返していたんだっ」

「えっ、誉田さんが!?」

「は、はい!?」

「当初は、怜太郎さんに借りたことすら知らなかったんだ、お恥ずかしいっ」

ギュッと肩をちぢこめてうなだれた誉田の話によると、伯母は高額なショッピングが誉田にバレることを恐れて、その決済のために怜一の父から五百万も借りたのだという。それが誉田にバレた経緯も間の抜けた話で、ある時家に、真新しいホームベーカリーがあったそうで、買ったのかと誉田が聞いたところ、カードのポイントで交換できたと、嬉々として伯母が口を滑らせたことから、誉田の知らないカードの存在と、なににいくら使ったのかと、その支払いにあてた金の出所が発覚したのだそうだ。

誉田は卓に額がつきそうになるほど頭を下げて言った。

「家内の借金はわたしの借金ですっ、返せる時には必ず返しますとっ、怜太郎さんに約束したのはわたしですっ、おとといしの暮れにはっ、全額お返しできていたはずなんですっ、それを、この家内は…っ」

「その……、父に返さないで、使ってしまったということですか……?」

「本当に申し訳ないっ、本当に……っ」

「ああ……、その……」

頭を下げる誉田に困惑しながら、一方では、伯母さんならやりかねないなぁと思った。怜一は溜め息を呑みこむと、そっと誉田に言った。

「誉田さん、そんなに頭を下げないでください。お金のことは、さっきも言いましたけど、伯母さんにさしあげたものですし、…」

「いやっ、そういうわけにはいかないっ、そんな話じゃないんだ、怜一くんっ」

「はぁ、あの……」

「おいっ」

誉田が伯母の腕に、乱暴に肘鉄をあてた。ビクッと体を揺らした伯母が、決して怜一の目を見ず、バッグから取りだした小箱を卓の上に置く。その小箱を見た怜一は、うわ、と眉を寄せた。

（瘴気が立ち上ってる……）

ロイヤルブルーのビロードの小箱から、湯気のように炭色のもやもやしたものが立ち上っているのだ。怜一はゾッとした。この小箱の中には絶対によくないものが入っていると確信した。頼むから開けないで、と願っていると、誉田がその小箱をズイと怜一の前に押し出したのだ。

「怜一くん、申し訳ないっ。これでは借りているお金の半分にしかならないが、どうか、どうか納めてくれないかっ」

「いや……、はあ……」

さわりたくないんです、と言いたいが言えない。もう本当にいやだと思いながら、小箱を手に取った。ゾッと背筋に悪寒が走り抜ける。開けたらなにかが飛び出してくるとか、そういうのはやめてよ、と願いながら、そうっと蓋を開けて、ああ、まどか、と怜一は内心でうめいた。

箱の中にはあの、呪われたナチュラルグレーのパールネックレスが入っていたのだ。もちろん老婆も。二重にして箱に収まっているパールの、その輪の中から、キキキッとでも笑い声をたてているようないやらしい笑顔で怜一を見上げてくる。この薄べったい箱の中に、どうして缶コーヒーサイズの老婆が入っていられるのか、それを考えるのも恐ろしい。あまりにも非現実的で、怜一は先ほど食べた夕食が胃から逆流しそうになった。

(…勘弁して……)

もう見たくもない。硬い表情で蓋を閉めて老婆を視界から消した怜一に、誉田が、緊張と羞恥からか、まだらに赤く染まった顔で言った。

「恥ずかしい話、うちには怜一くんに返せるだけのまとまった金がないんだ。多少なりとも価値のあるものといえば、これだけだ」

「いえ、あの、誉田さん、…」

「かえって怜一くんの手を煩《わずら》わせてしまうと思うが、なんとかこれを売って、返済の足しにしてくれないだろうか。残りは時間がかかっても必ずお返しする。申し訳ないが、頼むっ、このとおりですっ」

「いや本当に、誉田さん、こんなことしていただかなくてもいいんです、返していただこうなんて思っていませんから」

「それは駄目だよ怜一くん。これは怜太郎さんとわたしの、大人の約束事なんだ。きみの伯母さんを悪く言って申し訳ないが、わたしは家内のような恥知らずにはなりたくない。約束は守る男でいたいんだ。頼む、怜一くん」

「ああ……」

また誉田は頭を下げる。安っぽい整髪料の匂いが鼻を掠《かす》める。五十代にしては白髪の多い頭を見つめて、ご苦労なさってきたんだものなぁと思った怜一は、そうかこれが大人の男の矜持というものかと納得した。裕福な暮らしから一転、カツカツの生活に転落した誉田だが、借金を踏み倒すような品性下劣な男にはなりたくない、約束は破りたくない、金がないなら物で返す、きちんと誠意を見せる、そうでなくては男がすたる——そういうことなのだと思った。

「……わかりました」

怜一は静かに言って、微笑した。誉田が見せてくれた誠意に、こちらも応えなければならない。

「それならこのネックレス、お預かりします。これ、新品なら三百万の値打ちがあるんです。だから、このネックレスで、父がお貸ししたお金はすべて返していただいたことにしたいんですけど」

「いや、しかし、売値は百八十万ほどだと家内から聞いている。家内が借りたのは五百万だ。とても足りない」

「いえ、本当に。僕のような若造に誉田さんが頭を下げてくださった、それだけで十分です。お金を返してもらったら今度は僕が困りますし、あの世の父にも叱られます。ですからこのネックレスでご破算《はさん》ということにしてください。お願いします」

「怜一くん……」

今度は怜一が頭を下げた。誉田は怜一が困るほど恐縮し、何度も何度も頭を下げると、萎《しお》れたキュウリのような有様の伯母を引ったてて帰っていった。

玄関で伯母夫婦を見送った怜一は、応接室に戻って大きな溜め息をこぼした。

「お金を積まれたって、こんなものはいらないよ……」

小箱にさわるのもいやだが、ここに放っておくわけにもいかない。なにしろ中には呪いの老婆がいるのだ。誰かがうっかり箱を開けてしまったら大惨事になる。仕方なく、いやいやながら、どうしようもなくて、不承不承とはいえ受け取ったのは自分だし、自分で始末をつけなくてはならない。覚悟を決めてエイッと箱を掴むと、縁側から下駄を突っ掛けて裏の蔵へ向かった。今時では見るのもめずらしい棒鍵の南京錠《なんきんじょう》を開け、ゴリゴリと音を立てて重たい扉を開ける。明治の頃からここにどっしりと建っている蔵は、年月による染みや黒ずみで内部の雰囲気が暗いので、電気をつけていても薄暗く感じてしまう。しかもここには、怜一のせいとはいえ、よからぬものが憑いている品々ばかり収めているので、冗談ではなくお化け屋敷、いや、お化け蔵となっているのだ。

「ああ、今日もすごいなぁ……」

蔵の中を見回して溜め息をこぼした。黒、灰、紫、藍といったいろいろな色の瘴気があちこちで立ち上り、渦《うず》を巻いたり、人の顔のようなものを浮かばせていたりする。辛うじて立てられるだけ開いた屏風の隙間からは、なにかしらの獣の目が暗く光って怜一を見ているし、薬箪笥《くすりだんす》の中からは、開けておくれよと懇願する声が聞こえてくる。こういうものを見知ってしまうと、お軸に描かれた美人が、ふいと鬼の形相《ぎょうそう》に変わるくらいでは驚かなくなってしまう。

「じいさんがこの有様を見たら怒るだろうなぁ」

苦笑した。怜一がお化け蔵にしてしまう前までは、この蔵にもよい品が収められていた。上等だがデザインが古すぎてリフォームするまで売りに出せない宝石類や、同じく一流品だが、骨董市でなければさばけない蒔絵《まきえ》の茶箱や螺鈿《らでん》の盆、どうにも寸法が半端で売りに出せない作家物の着物や、アンティークショップに引き取られるのを待っている、明治期に作成された陶器のティーセットなどだ。子供の頃は父親にくっついてよく蔵に入っては、美しい品々を眺めて浮き浮きしていた。思うに自分の目利きは、あの頃から蔵の一流品を見続けてきたから養われたのだろう。

「まさに、質屋の子は質屋ということだね」

ふふ、と微笑した怜一は、手の中の小箱を見て、はあ、と溜め息をこぼした。あんなに楽しかった蔵も、今ではお化け蔵だ。自分が悪いとわかっているし、祖父の代から怪しげなものが憑いている品々もあったから、よろしくない品を閉じこめる蔵が必要だったことは事実なので、仕方がないことだとも思う。特にこんな祟りつきのネックレスを預かってしまった場合には、お化け蔵があってよかったと思うのだ。

「このばあさんは別格だもの」

ミニチュアとはいえ、人の姿をして独立して歩き回るよからぬものなど、初めて見た。しかもこの老婆は、誉田の父親を殺している。

「絶対に外には出してやらないよ」

怜一は箱の外から老婆に宣言すると、神棚に小箱を置き、百年、この蔵を守っている神様に頼んだ。

「中のばあさんが勝手に出てきたら、そこの刀で切り捨てちゃってください」

どういう理由かはわからないが、神棚の中には小さなご神刀も祀《まつ》られているのだ。蔵を出て鍵を閉めた怜一は、自分が死ぬまでには、どうにかしてあれを処分しないといけないなぁ、と考えながら母屋に戻った。

十時少し前にまどかが駅前店から戻ってきた。いつものように茶の間で帳簿付けをするまどかに黙ってお茶を出すと、そういえば、とまどかのほうから尋ねてくれた。

「誉田さんたち、なんの用だったんだ」

「ああ、伯母さんが借金を返していなかったことを、謝ってこられた」

「え？　誉田さんは返していたってことか？」

「伯母さんのショッピング代金だったんだって。それを知った誉田さんが、自分が返すって父さんに約束したんだって。伯母さん経由で少しずつ返してて、誉田さんとしては、おとしには完済したと思ってたみたい」

「てことは、それすら使いこんでたのか、あの伯母さんは……」

一周忌の席で、家計が苦しいのだと怜一に頭を下げて債権放棄を頼んだあの姿は、なんだったのかと呆れてしまう。成り行きで怜一が叔父に、借金を返せと言ったことで、我が身にも催促が及び、ひいては使いこみが夫にバレることを恐れたのだろう。

「怜一からはっきり、借金は帳消しと言ってもらって、安心してうっかり口を滑らせたんだろうな。恐るべき自己チューだな。誉田さんも心底がっかりしているだろう」

「そうだね。でも厄払《やくばら》いしたから、少しは好転するんじゃないのかな」

「神頼みか。そうなるだろうなぁ……」

誉田に同情するというような表情で、まどかは言った。怜一はのんびりとお茶をすりながら、あの祟りつきのネックレスのことは言わなくてもいいよね、と思った。どうせ裏の蔵はめったなことでは開けないのだ。

(あんな老婆のことより、僕はまどかに可愛がってもらいたいんだよ……)

いったいどうすれば、この変に冷たい関係から元に戻れるのだろうと、怜一はお茶とともに溜め息を呑みこんだ。

その日も、お昼過ぎに出勤してきた伊作と交替して、怜一は母屋へと昼食をとりに戻った。

「あれ、まどかも今からお昼?」

「ああ、うん、今日はちょっと早めにな。二時から個人のお宅へ買い取りの査定に行くんだ」

「そうなんだ。一つでもいいものがあるといいねぇ」

旧家の蔵の整理ならまだしも、たいていは引っ越しや模様替えにともなう不用品の買い取り依頼なので、買い取れる品自体がまずない。特に『藤屋』のリサイクル店では宝飾品やブランド衣類を主に扱っていて、家具や家電は引き取らないのでなおさらだ。

卓袱台に向き合って座り、サラダうどんに五目ごはん、天麩羅《てんぷら》、味噌汁の昼食を食べる。ツルツルとうどんをすすったまどかが、ふと言った。

「伊作さんは？　来てるの」

「あ、うん、いつもどおりだよ」

「ふぅん」

わざわざ伊作のことを尋ねておきながら、興味がない、とでもいうような素っ気ない返事だ。俺は伊作が嫌いだけど、怜一は好きなんだろう、だから伊作のことを聞いてやったよ、とでも思っているのだろうかと、そんな捻くれた疑いを持ってしまう。

（ああ、こんな自分がいやだ……）

怜一はカシッと天麩羅をかじり、こういう時に泣けてしまえば、可愛げがあるんだろうけどな、と思った。けれど自分は、まどかに冷たくされて、悲しくて泣いてしまえるようなキャラクターではない。

（どうすれば、また、まどかに欲しがってもらえるんだろう……）

このままではいつかまどかは、この家を出ていってしまうと思った。本当に怜一に気持ちがなくなったのだとしたら、まどかがこの家にいる理由はない。そしてそれを引き止めるどんな力も、自分にはないのだと怜一は思った。

茫漠《ぼうばく》とした気持ちでまどかを見つめていると、視線に気づいたまどかが、ふと眉を寄せた。

「……なに。どうした、おかしな顔をして」

「僕はまどかが好きなんだ」

自分でも直球だなと怜一は思うが、カーブやシュートは投げられないのだ。まどかは五目ごはんを口に入れようとして、は？　という具合に動きを止めたが、すぐに苦笑をして箸を口に入れた。そんなこと、と思われたのかもしれないが、怜一にとっては重大なことだ。箸を置き、真っすぐにまどかを見て、怜一は言った。

「まどかはあまり言葉が多くないってわかっている。でも、こういうことだけはちゃんと答えてほしいよ」

「うん？」

「僕はもうずっと不安なんだ。不安すぎて、変な、いやらしい、捻くれたことばかり考えてしまうんだ」

「怜一、不安て、なにが」

さすがにまどかも食事を中断した。甘ったれが構ってもらえなくて拗ねているのではないと気づいたのだ。怜一は、はあ、と、小さなふるえる息を吐きだして、直球しか投げられないのだから、勇気を振り絞ってストレートに聞いた。

「まどかは、まだ僕のことが好き？　それとも、まどかのいやだっていう気持ちを軽く考えて、伊作さんに好きにさせてる僕が嫌いになった？」

「考えつかないんだ、どうすればいいのか。どうすればまどかは僕を可愛がってくれる？ 伊作さんに辞めてもらえばいい？」

「おい、怜一、…」

「怜一、待て。伊作さんのこととおまえのことは、まったく関係がない。おまえを嫌うとか、伊作さんをクビにするとか、どうしてそんな飛躍した考えが出てきたんだ」

「飛躍してないよ。僕が伊作さんに甘えた態度を取ってから、まどかは僕にさわってもくれなくなったじゃない」

「いやいや、…」

「抱きしめてくれない、キスもしてくれない、セックスもしてくれない。だいたい僕を見る目が、もう僕のこと、好きじゃないって言ってるもの」

「違う、そんなことはないよ、伊作さんは本当に関係がない」

「じゃあどうして僕にさわらないの？ いっぺん寝てみたら、僕の体がよくなかったの？ 孔の具合がよくなかった？ ほとんどマグロだったから僕に冷めた？」

「おい怜一、ここ茶の間だぞ、…」

「もう僕は可愛くない？ 恋人として見られない？ そうならちゃんと言って。僕はまどかの気持ちがわからないことに、もう耐えられない」

「……」

真剣な表情で訴えた怜一を、まどかは感心と呆れが交ざった気持ちで見つめ返した。真っすぐ育ちすぎると、こうまで明け透けに自分の気持ちを言葉にしてしまえるのか、これはこれで恐ろしいと思った。怜一を安心させるように、優しく微笑してまどかは答えた。

「こういう話は、真っ昼間の茶の間でするものじゃないだろう？」

「僕とまどかしかいないじゃない」

「もう大人なんだから、口をとがらせない。長尾さんたちや伊作さんもいるだろう、いつ話を聞かれるかわからないんだぞ」

「……」

伊作の名前が出て、やっぱりまどかはとにかく伊作が気に入らないのだと思った。まどかと伊作を秤《はかり》にかけたら、百トン対一グラムくらいの大差でまどかのほうが大切だ。怜一はキュッと唇を噛み、思いきって言った。

「伊作さんには、辞めてもらう」

「怜一？」

「そうすれば、なにもかも元どおりになるでしょう？　このまま、まどかに嫌われるくらいなら、伊作さんを解雇する。伊作さんよりまどかのほうが何万倍も大事なんだ」

「怜一っ」

厳しい声と眼差しで、まどかは言った。

「考え違いをするんじゃない。怜一は『藤屋』の旦那だ。主人だ。その主人が、一度雇った人間をそんなに簡単に切っていいと思っているのか」

「だって、…」

「だってじゃない。いいか、質屋だろうが寿司屋だろうが、町工場だろうが町事務所だろうが、主人には雇った人間の生活を支える責任がある」

「わかってるよ、でも、…」

「でもじゃない。そもそも商いは信用第一だ。特に質屋は人様の大事な品を預かるのが仕事だろう、それこそ信用がなければ成り立たないんだぞ。それなのに、身内同然の従業員も大事にできないなんて、怜一には旦那の資格がない」

「だけど」

ここは謝らなければならない、自分の浅薄《せんぱく》な発言を反省しなければならないとわかっていたが、叱られ馴れていない末っ子気質の怜一は、ついうっかりと言ってしまった。

「まどかが伊作さんのこと嫌ってるから、だから、だったら辞めてもらえばいいじゃないって、思ったんだよ」

「怜一。それとこれとは話が違う。そんな子供みたいな考えでいるから、いつまでも伊作さんに坊っちゃんと呼ばれるんだ」

「……っ」

「俺たちの事情と仕事のことをごっちゃに考えるんじゃない。店の旦那が仕事に私情を持ちこんでどうする」

「あの……、ごめん、ごめんなさい」

これはさすがの甘えん坊の怜一にも言い訳ができないほどの正論だ。

「あの、僕、反省した、本当に反省したよ、言ってはいけないことを言った、ごめんなさい」

「……」

「仕事が半人前だからって、気持ちまで半人前でいた、ごめん、これからはしっかりと、旦那としての自覚を持って仕事にあたるから……」

「……」

「ごめんなさい、まどか……、ごめんなさい……」

必死になって怜一は謝った。いつもなら、わかればいいと言ってくれるまどかが、今日は黙って食事を進めるばかりだ。怜一は果てしなく落ちこんだ。まどかの冷たい態度に伊作が関係ないというのなら、半人前で旦那の自覚もなく、甘ったれの子供である怜一自身に嫌気がさしたということだ。

食欲が失せてうつむくばかりの怜一の前で、まどかは静かに食事を終えると立ち上がった。

怜一は今度こそ涙ぐみ、半分ベソをかきながらまどかを見上げた。

「教えて、ください……、僕のこと、まだ、好きですか……？」

語尾がふるえた。足を止めたまどかは怜一を見ると、心底呆れたような微苦笑をして、体を屈めてキスをくれた。涙目を丸くする怜一に、久しぶりにポンポン頭を叩いてやりながらまどかは言った。

「嫌いになれたら苦労はしないよ」

「ど、いう、意味……？」

「怜一を抱かないのは、抱いた翌日、怜一が帳場に座っていられないからだよ」

「あ……、うん……」

たしかにまどかとセックスをした翌日は、尻の穴がジンジンと鈍く痛んで、帳場に座っているのがつらかった。座布団やクッションでいろいろ工夫をしていたのがバレていたのか、と思って素直にうなずく怜一に、まどかはまた苦笑をして、ちゃんと昼食はとりなさいと注意して、ついでのように言った。

「本当に怜一と伊作さんのことは関係ないよ。ただ俺が、伊作さんを信用していないだけだから」

「え、なんで、…」

「駅前店に戻る」

その疑問に答えるつもりはない、というふうに怜一の言葉をさえぎって、まどかは駅前店へ戻っていった。一人にされた怜一は、言われたとおりにチュルチュルとうどんをすすりながら、小さく首を傾げた。

「嫌いになれたら苦労しないって……、どういう意味だろう。それに、伊作さんを信用してないって……、そこまで嫌う理由も、絶対に言わない……」

自分には言えないようななにかが、二人の間にあったのだろうか。とてもいい雰囲気で、仕事を教え、教えられる関係だったのに。それでもとにかく、自分はまどかに嫌われているわけではないことはわかった。

「……よかった」

ずいぶんと久方ぶりに怜一はうっとりとほほえんだ。伊作のことが気にかかるが、そんなことよりもまどかの気持ちは自分にあると確認できて嬉しかった。現金にも食欲が復活した怜一は、幸せ気分でのんびりと昼食を食べた。

午後からは組合の勉強会に出て、人気ブランド商品の真贋を見極めるポイントを教わった。伊作に午後から店を任せるようになって、こうした勉強会や講習会にもマメに参加できるようになった。それはとても助かっているが、伊作が来てくれたから助かる、とはとてもまどかに言えないので、怜一はいつも、そういえばこの間勉強会に行ったんだけど、というふうに、事後報告の形を取って仕入れてきた知識をまどかに伝えている。これも公私混同のうちに入るのかなぁと思うと、怜一の口からは自然と溜め息がこぼれてしまうのだった。

家に帰ってから、勉強会で走り書きしてきたノートをきちんと清書して、貰ってきた資料とともにファイルに挟む。いわば質屋の虎の巻で、質屋とリサイクルショップの二店分、作成する。そうした仕事が一段落ついたのが午後七時、閉店時間だ。怜一は帳場へ足を向けた。

「伊作さん、お疲れ様です」

「ああ、若旦那、お疲れ様です」

怜一が帳場に顔を出すと、伊作は本日預かった品と帳面を照らし合わせていた。怜一は怜一でべつの帳面を見て、本日が預かり期限の品の何点をお返ししたか、何点が流れたかをチェックした。流れた分は、駅前店で売れるか、リフォームが必要かを検分し、選り分ける。

伊作は本日新たに預かった品を手に持って言った。

「若旦那、蔵に品を収めてまいりますね」

「いや、あの、…」

「ああ、若旦那のご心配はごもっともです。しかし、以前はわたしも、大旦那様の代わりに品を収めておりました。今はアルバイトの身ですが、どうか一つ、信用していただけないでしょうか」

「いえ、そうではないんです。伊作さんが辞めたあと、蔵を新しくしたんです。いろいろと勝手が変わってしまっているので、僕も一緒に行きます」

答えた怜一が立ち上がった時、まどかがやってきた。

「怜一、ちょっと見てほしい軸があるんだ。書なんだよ」

「難物が来たね」

怜一はふふっと笑ってまどかから軸箱を受け取った。中の本紙に描かれているものが、絵だろうが書だろうが、軸物は特に目利きが難しい。箱書きだろうが署名だろうがあてにならないことが多いからだ。さらには人の手を渡るうちに修理をされて、本紙と一文字《いちもんじ》、中縁《なかへり》の格がまったく合っていない仕上がりにされていたり、あるいは、素晴らしい名物布《めいぶつぎれ》を表装に使い、軸先も象牙《ぞうげ》や伊万里《いまり》といった最高級品であるのに、本紙だけが下手な写しの偽物だったりするのだ。

怜一は軸箱を帳場机に置きながらまどかに言った。

「今、伊作さんと蔵に品を収めに行くところだったんだ。戻ったらお軸見るから、待ってて」

「じゃあ俺が一緒に行くよ。その間に軸を見てくれ」

「え……、あの、そう？　じゃあお願いするね」

伊作を毛嫌いしているまどかが、伊作と二人で蔵に行くなど、どういう風の吹き回しだろうと驚いたが、これが公私混同をしないということか、と思いなおし、怜一は笑顔で二人を見送った。

一方、まどかは、伊作を後ろに連れて帳場を離れた。通用口を出て、母屋の中庭へと続く砂利敷きの犬走りを歩く。建物がとぎれると、延々と藤棚が続く中庭に出る。母屋の西から南まで、ぐるりと藤棚の回廊が続いているのだ。

その藤棚の下を歩きながら、ふいと伊作がまどかを追い抜いた。

「いつまであたしの前を歩くつもりだ、図々しい。大番頭だって？　あたしを追い出して、その後釜にちゃっかりと座ったってわけだ。汚いヤツめ」

伊作とも思えない、毒をたっぷりと含んだ憎々しい口調だ。まどかは怒るでも傷つくでもなく、静かに答えた。

「母屋が近いですよ。怜一に聞かれるかもしれない。俺に言いたいことがあるなら蔵でどうぞ」

「ふん」

伊作は聞こえよがしに鼻を鳴らした。

藤棚をくぐった向こう側に蔵がある。手前が怜一言うところの裏の蔵で、少し離れたところに最新式の蔵がある。地下一階、地上三階建てで、窓がないから蔵だとわかるが、そうではなかったら、白い壁と切妻屋根《きりづまやね》という外装から住宅に見える。高床になっているのでコンクリートの階段を数段上り、扉の脇の認証システムに暗証番号を打つ。さらに指紋照合もして、やっと扉が開くのだ。中に入るとセンサーでパッと明かりがつく。伊作をともなって中に入ったまどかは、扉を閉めると、セキュリティーシステムの操作盤のマイクをオンにした。

伊作は最新式の蔵の中を、感心した表情で見回した。

「これはすごい。へえぇ、すごい。明るくて綺麗で……高級ブテックみたいだ……。温度も湿度もオートマチックなのか」

「ええ。品ごとに湿度調整してるんです。ジュエリーや時計はあっちの専用ボックス。呉服や毛皮は地下という具合に分けてます」

「へえぇー……。驚いたねぇ、いい品ばかりだ。あの坊っちゃんのことだから、下手なもんでも掴まされているかと思ってたけどね」

「防犯カメラとセンサーも作動していますからね。誰かがこっそり持ち出すなんてできませんよ」

「ふん。それはあたしに注意してくれてるのか」

値踏みでもしているのか、いやらしい目つきでブランドバッグを見ていた伊作が、まどかを振り返ってニヤリと笑った。

「蔵から品を持ち出すなんて、そんな馬鹿なことをするヤツはいやしないよ」

「ああ、そうでした。あなたは流れた品を、お客が引き取りに来たと装って、横流ししてたんでしたね。また同じことをしたら、今度は警察に突きだしますから」

「横流しとは穏やかじゃないね。あたしは流した客に代わって元利を払った、つまりはあたしが買い取ったんだ。あたしが買ったものをあたしがどうしようが、そりゃあたしの勝手じゃないか」

「勝手なのはあなたの言い分ですよ」

「そりゃどうかね」

伊作は目を細め、悪意が滴《したた》るような表情でまどかに言った。

「あたしは客に代わって、客に用立ててやった金を払って、品をあたしのものにした。店にはなんの迷惑だってかけちゃいない。それを、たまたま気づいたおまえが大旦那に話すといって、あたしを脅して店から追い出した」

「……」

「ガキの青臭い正義感を振りかざしてと思っていたら、なんのこたぁない。おまえがあたしの後釜に座りたかっただけじゃないか。どっちが汚い」

「へえ。店に迷惑をかけていないと本気で思っていたなら、なんで辞めたりしたんですか。堂々と大旦那に、流れた品を元利を払って自分のものにしましたので、自分でよそへ売って利益を得ますと、言えばよかったじゃないですか」

「……っ、うるさいっ」

「言えるわけがありませんよね、流れた品は『藤屋』の資産だ。それを売って利益を得るのが質屋です。あなたはお店に迷惑をかけていないと言うが、お店が得られるはずの利益をかすめ取っていたんだ。迷惑をかけていないどころか、泥棒ですよ」

「泥棒だと⁉」

「そうです、自分でもわかっているんでしょう？　だからあなたはお店を辞めた。辞めてくれてよかったですよ、俺だって『藤屋』の身内から泥棒を出したくありませんでしたからね」

「この……っ」

「だから俺もあなたとの約束を守って、あなたが品を横流ししていたことは、大旦那にも、若旦那にも言っていない。それなのに、大旦那が亡くなったと知ったとたん、のこのこと戻ってくるなんて。あなたの厚顔無恥《こうがんむち》には心底呆れる」

「おまえにどう思われようと、痛くも痒くもないさ」

「そうでしょうね。あなたは帳場に座るために、若旦那の信用を得ることだけを考えていればいいんだ。思惑どおり、若旦那はあなたを信頼しきっている。その気持ちに付けこんで、今度はなにをしようって腹ですか」

「そうだなぁ、まずは」

欲というものに顔があったら、こんな顔に違いないという表情で伊作は言った。

「古い蔵だな。大旦那が真贋わからんと言って、端金《はしたがね》で預かった古道具があっちの蔵に放りこまれているだろ。まずはあれを売り払うかな」

「あの蔵の物を出すのは、若旦那が許しませんよ」

なんといっても、怨霊憑きや祟り憑きといった恐ろしい品々ばかり収めてあるのだ。だがそんなことなど知らない伊作は、フンと鼻を鳴らして言った。

「なに、金にならないと思っているからだよ。あたしが売って、まあ二割でも渡しゃあ、ネジの緩んだ坊っちゃんだ、大喜びするさ」

「……盗人よりもひどいな」

まどかは怒りを抑えた低い声で言った。

「あれほど若旦那に慕われ、信頼されているというのに。それを踏み躙《にじ》って楽しいですか」

「わかっちゃいないね、おまえも。先代は、大番頭のあたしが流れた品を買い取ってたことにも気づかなかった、おめでたい人だよ。そのおめでたい人の息子がまた、親に輪をかけておめでたいぼんくらだ。そんなぼんくら息子からの信頼なんて、一匁《いちもんめ》ほどの重みもないってものだよ」

「つくづく下衆《げす》だ」

「フン。ずいぶんと口が達者になったもんだが、おまえだってあたしのことを、どうこう言える身じゃないだろう？」

「……」

「あのぼんくら、まだおまえのことを、大旦那の知り合いの子供だと思ってるみたいじゃないか。ちゃんとした家に生まれた、ちゃんとした子供だって。本当は父親が誰かもわからない、それどころか実の母親に質草《しちぐさ》にされて捨てられた子供だっていうのに」

「……っ」

まどかが言葉に詰まる。伊作は意地悪く目を細めて続けた。

「ぼんくら息子の信頼を裏切ってとあたしを罵《ののし》るなら、おまえのほうこそあの甘ったれを騙し続けているじゃないか、すっかり家族みたいな顔をして、ええ？　どうしてぼんくらに本当のことを言わないんだい」

「……」

「氏素性《うじすじょう》がわからない、どんなヤツの血が流れているかもわからない、名前さえなかったゴミ屑《くず》同然の子供だったとあのボンボンに知られたら、この家を追い出されると思ったからだろう？　おまえだってあたしと同じ、結局は自分が一番可愛いんだよ」

「違う、俺は、…」

「違うものかい。おまえはあの世間知らずをまんまと手玉に取って、懇《ねんご》ろな関係になってんじゃないか。そうやってあのぼんくらを操《あやつ》って、いつかはこの店を手に入れようって魂胆《こんたん》なんだろう」

「なにを馬鹿なことを、…」

「ごまかそうったって駄目だよ。甘いね、あんたも。使用人がいる家の中で、真っ昼間から口を吸い合うものじゃない」

「……っ」

嘲《せせ》ら笑う伊作に、まどかは内心で舌打ちした。昼間、茶の間で怜一に口づけたところを見られていたのだ。こういう危険があるとわかっていたから、伊作が母屋へ勝手に出入りするようになって以降は、態度に気をつけていたのに。

(怜一任せにしないで、俺から伊作に、母屋へ出入りするなと言えばよかったんだ)

そう思ったが、もう遅い。まどかが顔をしかめると、それをどう捉《とら》えたのか、伊作がいやらしい笑いをこぼして言った。

「おまえもあのぼんくらを手放すわけにいかないんだろう？　あたしの小遣い稼ぎを黙っといてくれれば、あたしもおまえが質草にされた子供だってことは黙っといてやるよ。もう二十五、二十六年前になるのか？　客としてやってきた母親に置き去りにされ、捨てられた子供だったってことはね」

「……」

「若旦那のためにも、そのほうがいいだろうよ。昔の大番頭も今の大番頭も、親切で優しくて、若旦那のことを親身に考えてるってさ、そう思わせておけば、若旦那も幸せってものだよ」

伊作は楽しそうに、嗄《しわが》れた笑い声をたてた。

怜一は茫然としていた。帳場のスピーカーから聞こえてきた、まどかと伊作の話。

「……全部、事実……？」

父親が死ぬまで信頼していた伊作が、裏では流れた品を着服していた？　それをまどかに知られて、父にバラされたくなくて店を辞めた？

「僕のことも、甘ったれのぼんくら息子って言って……」

父さんが亡くなったとたんに戻ってきたのは、父さんへの恩返しでも、僕を助けるためでもなく、裏の蔵の品を売るためだったのか？　小遣い稼ぎって、また流れた品を着服するつもりなのか？　甘ったれのぼんくらなら、いくらでも欺《あざむ》けると思って？

「それに、まどかは、父さんの知り合いの息子じゃないって……」

父親がわからず、母親に質草にされ……？　店先に放置されたということだろうか。

「そんなひどい話って、ある……？」

けれど伊作本人がそう言ったのだ。まさか蔵での閉じこめ対策に、母屋とスピーカーで繋がっているとも知らず、誰にも聞かれる心配もないと思って、真っ黒な本心をぶちまけたのだろう。

「まどかはこれを聞かせたくて、わざと僕をここに残したんだ……」

やっとまどかが伊作を嫌う理由も、伊作を雇ったと言った時にあんなに怒った理由もわかった。伊作を信用していないとまどかは言っていた。盲目的に伊作を信用していた怜一に、伊作が品を横流しするかもしれないから気をつけろと言っても、信じるわけがないと思っていたのだ。午後の帳場をまるまる伊作に任せ、さらには蔵への出入りまで許そうとした怜一に、まどかはどうしても我慢がならなくなったのだろう。

「なにしろ僕は、ぼんくら息子だものねぇ。品の横流しに気づきもしなければ、裏の蔵の品を売ろうと言われたとしても、善意からだと思っただろうし」

小さい頃からずっと可愛がってもらい、ほとんど親戚のように思っていた伊作の手ひどい裏切りを知って、怒るよりも絶望するよりもおかしくなってしまった。まさに、ネジの緩んだ甘ったれのぼんくらである自分が。

「よくよく考えたら、伊作さんの行動はふつうじゃなかったもの」

父親が亡くなったと知ったとたん、『藤屋』で働けるかどうかもわからないのに、勤め先を辞めてきた。逆に言えば、怜一が雇うとわかっていたから、簡単に仕事を辞めてこられたのだ。なにをどう言えば怜一が情に流されるか、怜一のことをよく知る伊作なら簡単に思いついただろう。怜一を利用して金儲けを企むなんて、親戚と同じだ。いや、善人の仮面を被り、子供の頃から懐いていた怜一の情を利用しようとする伊作のほうが、質《たち》の悪さは何十倍も上だ。悪人だと思った。伊作は本物の悪人だ。

溜め息をつき、目利きしていた軸を丁寧に巻き戻す。人からこんなにわかりやすく裏切られたのは初めてで、怒るよりも脱力してぼんやりしてしまった。のろのろと軸を軸箱に収めたところで、ふいにスピーカーからまどかの声がした。

『怜一？　伊作さんがそっちへ戻った。なんでもない顔ができないなら母屋へ戻っていなさ

い』

　そうしてプツッとマイクを切る音が続いた。怜一は、ハッとした。

「そうだ、落ちこんでいる場合じゃなかった」

　甘ったれのぼんくらだろうが、自分は『藤屋』の四代目、店の主人だ。自分がしっかりしていないでどうする、と思い、ペチンと頬を叩いて気合いを入れた。

「僕が伊作さんを親切でいい人と思ってたように、伊作さんも僕をぼんくら息子だと思ってくれているんだものね。最後までお付き合いしなくちゃ」

　なによりもまどかを傷つけた。質草にされた子供だなんて、よくも言ってくれたものだ。絶対に許さない。そう思った怜一は、まどか言うところの天然腹黒を炸裂させて、うっとりとほほえんだ。

　廊下が軋むかすかな音をさせて伊作が戻ってきた。怜一はおっとりにっこり笑って言った。

「わざわざありがとうございました、伊作さん。お茶いれますね。新しい蔵はどうでした？」

「ええもう、立派で、びっくりいたしました。温度も湿度も自動で調整できるようになっているんですねぇ、しかもお品ごとに湿度も変えてとか、あんな立派な蔵はめったにございませんよ、本当に大旦那様は大したおかたですねぇ」

「そう言っていただけると父も喜びます。大切な品を預かっているわけですから、最新設備を整えてあるんです」

ティーバッグの日本茶をいれた怜一は、なんとも可愛らしいはにかみ笑いで伊作に湯呑みを差しだしながら、緊急用に帳場とインターホンで繋がっているくらい、最新式なんですよと心の中でつけくわえた。

二人で和《なご》やかに世間話をしていると、戻ってきたまどかがギョッとしたような顔をした。怜一が怒り狂うか、あるいは打ちのめされて、とっくに母屋へ戻っていると思っていたのだろう。それなのに伊作と二人で仲良くお茶を飲んでいるのだ。まどかの仰天《ぎょうてん》顔がおかしくて、内心でププッと笑った怜一は、きっちりとぼんくら息子を演じるべく、まどかにもお茶を勧めた。

「一服していきなよ。お軸も見ておいたし」

「いや……、駅前店に戻らないと……、その軸の査定を聞きに、お客が戻ってくるから……」

「ああ、そうなんだ」

のんびりと答えた怜一は、自分よりも動揺しているまどかを面白く思いながら、軸箱を渡した。

「これねぇ、中廻しや一文字なんかいい名物布を使っているし、軸先も象牙でいいものなんだけど、書が写しなんだよねぇ」

「じゃ偽物？」

「箱書きどおりではない、ということ。表装と比べて本紙がちょっと新しいから、どこかで誰かが取り替えたんじゃないのかな。もったいないよねぇ、この景色があってこそ生きる書だったろうに」

「じゃあ査定は？」

「古さを買って、骨董品扱いとしても、出して五千だね」

「わかった。このお客、意気揚揚《いきようよう》として持ちこんできたから、五千と聞いたらがっかりするだろうな。じゃ、店に戻る。ありがとう」

微苦笑をしたまどかが駅前店へ戻っていく。黙ってやりとりを聞いていた伊作は、お茶を飲みほすと、にっこりとそれはそれは人の善さそうな笑みを浮かべて、怜一に言った。

「若旦那、ごちそう様でした。わたしもこれで、上がらせていただきます。お湯呑みを洗ってまいりますから、……」

「ああ、こちらで片づけますから気にしないで。お疲れ様でした、気をつけて帰ってくださいね」

「そうですか？　すみません。ではまた明日」

伊作は怜一に丁寧に頭を下げて帰っていった。

まどかが店で足止めをくっているのか、夕食に戻ってこられなかったので、一人で食べた怜一は、さて伊作をどうしてくれようと思いながら風呂に入った。上がってみると、まどかが帰っていて、遅い夕食を食べ終えたところだった。

「お帰り、お疲れ様」

「うん」

「風呂、ちょうどいいよ」

「そうか」

素っ気ない返事だし、怜一を見ようともしないまどかだが、怜一はもう傷つかない。怜一に対して冷たいのではなく、突然に伊作から自分の身の上を怜一の耳に入れられて、動揺しているからだとわかっている。食器を片づけ、さっさと風呂場へ行ってしまったまどかをふふと笑って見送り、怜一は酒と肴を用意して、テレビを相手に一人酒を始めた。しばらくして、まどかが風呂から上がってくる。真っすぐまどかに視線を向けたが、やはり目を合わせてくれない。怜一は、この頃ではお手伝いさんがわざわざ作っておいてくれる肴を食べながら、水のボトルを持って自室へ逃げこもうとしているまどかに言った。

「まどか、一緒に飲もうよ」

「いや……」

「長尾さんが作っておいてくれた小鯵《こあじ》の南蛮漬け、すごくおいしいよ。飲もうよ、付き合って」

「……、長尾さんは、もう部屋に下がったのかな」

長尾はお手伝いさんの中で唯一、住みこみなのだ。怜一はこくんとうなずいた。

「長尾さんの勤務時間は九時までだもの、とっくに部屋に行ってるよ」

「そうか……」

まどかは生真面目な、難しい表情で怜一の向かいに座った。しっかりとまどかのコップも用意していた怜一が、酒を注いでまどかの前に置く。まどかは、いや、と首を振った。

「飲む前に、怜一に話があるんだ」

「そうなの？　じゃあよけいに飲んだほうがいいよ。話しやすくなるもの。特に、思ってることをなかなか口にできないまどかはね」

「……」

怜一がクスクスと笑ってそう言うと、まどかは観念したように息をこぼし、ゆっくりと酒を含んだ。まどかの話がなんなのか、察しのついている怜一は、まどかが勢いをつけるために暴飲すると思っていたので、いつもと変わらない慎重な飲みぶりに、少し感心してしまった。

「まどかは本当に理性的な人だねぇ。まどかが酔っている姿を見たことがないもの」

「……」

「思いきって酔っ払ったほうが、気持ちが楽になる時もあるんじゃない？」

「……俺は、みっともなく酔える立場じゃないから」

「あー、そういえばそうだねぇ」

「……なんだ。今日は怒らないんだな。いつもなら、家族でしょ、立場ってなに、なんて、怒るだろう」

まどかがふっと苦笑した。怜一は卓袱台に肘をついて、少々行儀悪く酒を飲みながら、うーん、と答えた。

「古部さんのところへ住みこんで修業したからかなぁ。古部さんは実の親戚よりも親戚みたいっていうか、親しく付き合ってる家でしょう。修業を始めた日に、家族同然なんだから気を遣うなって言ってもらったんだけど。ごはんを食べさせてもらったり、お風呂をいただいたり……、やっぱりどうしたって気を遣うよね。あちらの生活ペースを乱しちゃいけないとか、家族の和に無遠慮に入っちゃいけないとか」

「……」

「家族同然ていう言葉は、家族じゃない身には結構刺さるもんなんだって、わかったからねぇ」

のんびりとそう言った怜一に、まどかは絞りだすような声で言った。

「ごめん……」

「……え、なにが？」

「…怜一はずっと、俺のことを本当の兄貴と思って慕ってくれていたのにさ……」

「……ええ？　それでどうしてまどかが謝るの？　意味がわからない」

「だってほら……、途中からおまえのこと、いやらしい目で見るようになったからさ。兄貴にそんな目で見られたら、ゾッとするだろう、ふつうは」

「ふつうはって、実の兄弟だったらの話でしょう？」

怜一はおかしそうに笑って、グビグビと酒を飲んだ。

「この前まどかを口説いた時に言ったじゃない、まどかがエッチな目で僕を見てくれて、嬉しかったって」

「エッチな目って……、ああ、エッチな目だったのか、くそ……」

「だから僕もたぶん、まどかと同じくらいから、まどかのこと好きだったんだと思うよ。つまりまどかのことを、兄弟じゃなく他人だと思ってたんだよ、きっとね」

「それで俺はまんまと、可愛い怜一を演じるおまえに騙されてたってわけか……」

「まどかがそれを望んでいたんじゃないか。大好きって目じゃなくて、ヤリたいって目をしてくれれば、僕はいつだって股を開いたよ」

「股とか、やめてくれ、俺の可愛い怜一が……」

「言いかたがよくない？　じゃあ尻を差しだす？」

「もう黙ってろ。まったくこれは、どういう天然なんだ……」

溜め息をついたまどかがグイと酒を呷る。その仕種が粋《いき》でカッコイイ、と思った怜一が、まどかのコップと自分のコップに酒を注ぎ足すと、手の中のコップをじっと見つめてまどかが言った。

「……さっき、聞いていたと思うけど」

「ああ……、うん」

やっぱりその話だと思った怜一は、まどかが話しやすいようにと、自分もコップに視線を落とした。まどかは三回呼吸をするほどの間を置いて、覚悟を決めたように口を開いた。

「俺はおじさんの知り合いの子供じゃない。伊作さんが言ったとおり、捨てられた子供だったんだ」

静かすぎる口調で、まどかは語った。


俺は自分の誕生日を知らないから、本当はいくつの時だったのか、知らない。あとで施設の人が、体は小さいけど、栄養状態を考慮すると五歳くらいだろうと教えてくれた。ともかくも俺はその頃、母親に連れられて、初めて『藤屋』の暖簾をくぐった。とにかく暑い日だったことは覚えている。

帳場には伊作がいた。あの頃の間仕切りは今のような強化ガラスじゃなくて、木の格子だった。その格子を間に挟んで、母親と伊作はなにかやりとりをしていた。俺は暑さと長時間の移動と空腹と喉の渇きで、疲れてしまっていたのでその場にしゃがんでいた。初めて見るあられこぼしがめずらしくて、小石と小石との間を道に見立てて、指でたどって遊んでいた。

ふいに母親が腕を掴んで俺を立たせ、言った。

「忘れ物を取りに行ってくるから、ママが戻ってくるまでここにいなさい」

「奥さんっ、困りますっ」

続けて格子の向こうで伊作がそう言ったのを、なぜかよく覚えている。

母親は俺を振り返らずに、店を出ていった。待っていろと言われたら待つことしか俺にはできない。またその場にしゃがんで、あられこぼしの迷路で遊んだ。しばらくすると、格子の向こうから、僕ちゃん、という声が聞こえた。自分が呼ばれているとは思わなかったが、思わずそちらを見た。そこにいたのは、もちろん知らないおじさん……、怜一の父親だった。

おじさんは格子ギリギリまで出てきて、ニコニコ笑いながら、俺に言った。

「僕ちゃん。僕ちゃんのお名前は？　なんていうお名前かな？」

「……お名前……」

信じられないだろうが、俺は名前の意味がわからなかった。おじさんはやっぱり優しい笑顔で聞いてきた。

「いつもママに、なんて呼ばれているの？　ママは僕ちゃんのことを、なんて呼んでるのかな？」

「『おい』」

「『おい』…？　ママに『おい』って呼ばれてるの？」

「……」

うなずくと、おじさんは笑顔ながらも困った顔をした。

「そのほかには？　『おい』じゃない時は、なんて呼ばれてるのかな？」

「……『おまえ』、『テメェ』……」

おじさんはますます困った顔をした。だけど本当に、俺は母親から名前で呼ばれたことがなかった。名前があったかどうかもわからない。おじさんは、ちょっと待っといでと言って帳場の奥に消えると、わざわざ外から店に回ってきてくれた。

「僕ちゃん。ああ、汗がすごいねぇ、冷たいものを飲ませてあげようね。ママが来るまで家の中で待ってよう。ね？」

母親以外の人間に話しかけられたのは初めてで驚いたが、おじさんは優しそうだったし、とにかく水が飲みたかったから家に上げてもらった。冷房の効いた茶の間には怜一の母親がいた。本当に綺麗で優しそうで、俺の母親とは全然タイプが違う女性で、俺は子供ながらにうっとりした。甘くした麦茶とあられ菓子を出してもらった。どちらも初めて口にするもので、あまりにおいしくてあっという間に平らげた。おばさんはニコニコしながらあられを袋ごと手渡してくれて、俺はそれを食べながらおばさんとテレビを観た。

いつ部屋の電気がつけられたのか、いつ夜になっていたのかわからなかった。俺はおじさんやおばさんと一緒に夕食を食べた。生まれて初めての温かいごはんとおかずだったし、生まれて初めて食べるおいしさだった。箸なんて使ったことがなかったから、犬食いもいいところの食べ方だったが、二人ともニコニコしながら、お代わりまで食べさせてくれた。その時俺は、これまた生まれて初めて満腹というものを知ったんだ。おじさんが言った。

「よし、風呂に入ろうか。ママが来たら待っててもらうから大丈夫だ。汗を流して綺麗にして、それでママと帰ればいい。な？」

本当は俺は風呂が怖かった。風呂に入るのは、臭いと母親に言われて、殴られて蹴られて風呂場に追いやられて、シャワーで水をかけられて、臭わなくなるまで洗えと怒られる時だったからだ。もっとも、臭くなる前に風呂に入ろうとすると、勝手をするなと殴られたから、臭っても臭わなくても暴力をふるわれることに変わりはなかった。だから、たっぷりと湯の張られた大きな湯槽に驚いて、その湯につかる心地よさに驚いて、シャワーから湯が出るということにも驚いた。おじさんは体だけではなく、髪も洗ってくれた。

「僕ちゃんはあれだな、おかっぱさんなんだな。いつも髪の毛は誰が切ってるの」

「あの……、一人で、切ります……」

「自分で切ってるのか、偉いなぁ」

偉いなんて初めて言われたから、とても嬉しかった。

結局その日、母親は戻ってこず、俺は家に泊めてもらった。次の日も、その次の日も母親は迎えに現われなかったが、俺は来ないでくれと思っていた。狭い部屋に閉じこめられるのも、一日一個の菓子パンも、冬でも水のシャワーも、わけもなく殴られるのもいやだった。優しいおじさんとおばさんのそばで、一日三回もの食事を腹いっぱいになるまで食べたかったし、温かくて気持ちのいい風呂にだって入りたかった。敷き布団の上で寝たかったたし、なによりいつも誰かがそばにいて、話しかけてくれることが嬉しかった。

何日経った頃だったか、おじさんが言った。

「いつまでも僕ちゃんと呼ぶのも具合が悪いし、ウチにいる間の名前をつけようか」

「名前……」

「そう、名前だよ。おじさんの名前は怜太郎というんだ。おばさんの名前は百合子というんだ。みんな、名前を持っているんだ。僕ちゃんの名前はママに聞かないとわからないから、ウチにいる間の名前だよ。ほら、これだ」

おじさんは半紙に墨書した名前を俺に見せると、それを神棚に貼って、言った。

「まどか、と読むんだ。僕ちゃんの名前だ。まどか」

「まどか……」

「丸いという意味だよ。僕ちゃんが、ボールみたいにどこまでも真っすぐ進めるようになってね。ボールは角がないだろう？　だからぶつかっても人を傷つけない。そういう優しい人になってくれますようにって、おじさんとおばさんで考えたんだ。ママが迎えに来るまで、ま

「まどか……、はい、まどかですっ」

おじさんたちの気持ちが本当に嬉しかった。名前をつけてもらったこと、その名前も、適当じゃなくて、自分のことを考えてつけてくれたこと、どこの誰かもわからない自分に、こんなにも優しくしてくれることが、泣きたくなるほど嬉しかった。本当に、心底、このまま母親が来なければいいと思った。

ある時、預かった品を蔵に収めるおじさんについていって、初めて蔵の中を見せてもらった。もちろん、新しい蔵は建っていなかったから、あの古い蔵だ。棚だけは作り替えたばかりだったのか、蔵の中には檜《ひのき》の匂いが充満していて、俺はちょっとだけむせてしまった。

「まどかくん、なんでも見ていいけど、さわったらいけないよ」

「わかりました」

明かりをつけていてもなんだか薄暗く感じる蔵の中で、たくさんの宝石や腕時計を見た俺は、思ったことを尋ねていた。

「おじさんは、お金持ちなんですか？」

「いやいや、ここにあるものはおじさんのものじゃないよ。おじさんが、人様からお預かりしているものだ。だから預かっている間は、こうやって蔵に入れて、大事にしているんだよ」

「預かってる……」

「ああ、えーとね。……そう、取りに来るまで持っててくださいと頼まれているんだ」

「まどかと同じですね」

「ええ？　いや、そんなつもりじゃ……、でもそうかな？　そうだね、まどかくんもウチにいる間は、ウチの大切な子だからね」

「ウチの子……？」

「そう、ウチの子。だからなにか困ったことがあったら、おじさんやおばさんにすぐ言うんだよ？　お腹が痛いとか、どっかにぶつけて怪我をしちゃったとか、黙って我慢してたらいけないよ。わかったかい？」

「……はい」

それが、まどかはウチの子、と、初めて言ってもらった日だった。

『藤屋』に来てから何日経った頃だろう。ひと月も経っていなかったと思う。ある日、女性が二人、訪ねてきた。応接室で、俺はその女性たちにいろいろ質問をされた。

「こんにちは。わたしは白岡《しらおか》といいます。こちらは渡辺《わたなべ》さん」

「……こんにちは……」

「最初に、お名前を聞いてもいいかな？　なんていうお名前？」

「まどかです」

はっきりと答えた。俺にはそれしか名前がないし、俺の名前はまどかだけだと思った。おじさんとおばさんはびっくりして、女性たちに説明した。

「まどかというのは、ウチにいる間の仮の名前なんです。本当の名前を知らないらしくて」

「本当に名前を知らないんですか？」

「ええ。どうも親御さんから名前を呼ばれていなかったらしくて」

女性たちは俺に視線を戻すと、おじさんの言葉を疑っているのか、聞いてきた。

「このお家に来る前、お父さんとお母さんに、なんて呼ばれていたのかな？」

「『おい』、『おまえ』、『テメェ』。だから、名前はまどかです。まどかっていう名前しか、ないです」

「そう。まどかくんか」

女性たちは否定しなかった。にっこりと笑って聞いてきた。

「じゃあ、お母さんの名前はわかるかな？」

「わかりません」

「お父さんは？」

「お父さんはいません」

「……そっか」

女性たちはやはり、否定も疑いもせずにうなずいた。事実、俺は母親の名前も知らなかったし、父親は姿さえ見たことはなかった。住んでいた場所を聞かれたが、『藤屋』へ来た日が、初めて部屋から外へ出た日だ。どこに住んでいたかなんてわかるわけがなかった。ほかにもいろいろと母親との暮らしぶりを聞かれたあと、伊作が呼ばれた。伊作は母親とのやりとりを話した。

「お昼過ぎでしたでしょうかねぇ、一日の中で一番暑い頃合でしたよ。坊やの腕を掴んでね、ええ、手を繋いでいるんじゃなかった、手首を掴んで、ふらっと入ってきましてね。指からファッションリングを外して、それで用立ててくれとおっしゃった。クズ石ばかりの、二、三万で買えるようなリングですよ。でもその坊やを連れていたし、今日食べる分にも困っているのかと思いまして、二千円なら預かれると申しましたんです。それでいいとおっしゃるんで、じゃあ保険証か免許証をと申しましたら、持ってきていないとおっしゃる。で、身分証がないと用立てられないと申しましたら、家に取りに帰るっておっしゃって、それまでこの坊やを見ててくれと、そう言うんですよ。困りますと言ったんですが、質屋というところは帳場からすぐに表に出られない造りになってましてね、あたしが外へ出た時には、もう奥さんの姿は見えなくなってましてね。……ええ、二十代の半ばくらいでしょうかね、綺麗なお顔立ちをしてましたよ。……はい、話し言葉なんかは日本人でしたねぇ」

今思うと、訪ねてきた女性二人は福祉関係の人だったんだろう。俺に向かって、母親が迎えに来るまで、ずっとここにいるわけにはいかないだろう、俺のような子供がたくさん暮らしているところがあるから、そこで母親を待とうと言った。けれど俺はおじさんたちが本当に好きになっていたし、なにより信じられないくらい快適な生活を手放したくないという、子供心にも打算的な思いがあって、そんなところには行きたくないと大泣きした。母親の機嫌を取る時のように、おじさんたちの言うことはなんでも聞く、勝手に部屋から出たり、喋ったりしない、もう泣かないし、お風呂は入らなくてもいい、ごはんも時々でいいと泣いて訴えた。

それでも施設に行くよりほかはなくて。

俺が保護されたところは、パッと見た感じ、幼稚園に社宅がくっついているみたいな感じで、綺麗だったし清潔だった。ただ、八人部屋でね。自分以外の子供に会うのも初めてだったし、子供の付き合いがわからなかったし、なにより二十四時間、知らない子供と知らない大人の中で暮らすことに、かなりストレスを感じていた。そっちへ移ってから、改めて両親のことや、本当に名前がないのかとか、住んでいる場所もわからないのかとか、何度も聞かれた。嘘じゃなく、本当になにも知らなかったから、結論として、棄児《きじ》ということになった。まずは名前をつけてあげると言われたから、自分の名前はまどかだと主張した。施設の職員は、そうだねと言ってくれて、まどかになった。名字は市長が折原とつけてくれ、戸籍も作ってもらった。

「……職員から、これでもう大丈夫、安心してここで暮らしていけると言ってもらったが、俺は優しすぎるおじさんとおばさんに会いたかったし、この家のいろいろな花が咲いている広い庭や、広い家に戻りたくてね」

なによりもおじさんが言ってくれた、『ウチにいる間はまどかはウチの大事な子』という言葉が頭を離れなかった。誰の子でもないまま施設で暮らすのではなく、葉山の家で、葉山の家の子として暮らしたくて、職員が困り果てるほど一日中、泣いてばかりいた。

「施設に入って、二ヵ月くらい経っていたかな。金木犀《きんもくせい》の香りがしていたから、十月かもしれない。ある日突然、おじさんとおばさんが施設に来てくれたんだ。迎えに来たよ、お家に帰ろうと言ってくれた。嬉しくて、号泣したかったけど、葉山の家にいられるならもう泣かないと言った手前、泣けなくてね。でも、我慢しても涙が出てきたな……」

福祉のほうとどういうやりとりがあったのか、どうしておじさんたちが俺を引き取れるようになったのか、今でもわからない。それでも俺は、ここより幸せな場所はないと思った葉山の家で暮らせることになって、本当に、本当に嬉しかった。

「……子供なりにさ。自分は蔵の品と同じ、ただ『藤屋』に預けられているだけの子供なんだって、強く自覚していたよ。おじさんたちに大事にしてもらえるのは、預けられているからだって。もう二度と施設に戻りたくない、この家にいたいと思ってね。だからいい子でいようと思った」

おじさんやおばさんに嫌われないように。施設に返すと言われないように。面倒をかけないように、手間をかけさせないように、いらないと言われないように。

「そうして二年が過ぎて、怜一が生まれた」

おじさんと二人で産院へ行って、生まれたばかりの怜一を見た。おじさんは、まどかの弟だよと言ってくれた。今日からまどかはお兄ちゃんだってね。

「嬉しかったよ、本当に。実の子でもない俺に、実の子を弟だと言ってくれたんだ。でも俺はちゃんと自分の立場を弁えていたから、それからもずっと、いい子であることに努めた」

おじさんたちのことが大好きだったから、がっかりさせたくなかった。怜一のことも、本当に可愛く思っていた。おじさんとおばさんと怜一と、そして俺。みんなでずっとこの家で暮らしたいと思った。だから早くおじさんの役に立ちたいと思ったし、怜一のことだって、いいお兄ちゃんらしく、進んで面倒を見ようと思った――。

そこまでまどかの話を聞いた怜一は、ふう、と小さな溜め息をこぼして言った。

「だから中卒で店に入るなんて言ったんだね……」

「ああ。本当なら俺は、施設で暮らすしかない子供だったんだ。おじさんたちには俺を養育する義務も、義理もなかったんだ。それなのに、五歳の時から十年だ。十年、大切に育てて

もらった。無償の愛ってものをいただいた。義務教育を受けさせてもらっただけで十分だと思ったんだ」

「そう……」

「ずっと一緒に育ってきた怜一にはわかると思うけども、おじさんたちは本当に怜一とわけ隔てなく育ててくれただろう。だからこれからは、俺がおじさんたちに恩を返していく番だと思った」

「うん……」

「とは言ってもまだまだ子供だったし、俺が持っているものといえば頑丈だけが取り柄の体だ。おじさんの仕事を手伝うくらいしか恩の返しかたがわからなかったというのもある。まあ、子供の考えだよな」

思いだして苦笑をしたまどかは、ふと、表情を曇らせて怜一に言った。

「……ずっと怜一に嘘をついてて、ごめん」

「うん？」

「おじさんの知り合いの子供でもないのに……、ちゃんとした家の子供だったみたいな顔をしてて、ごめん……。怜一に、本当のことを知られるのが怖くて……、嫌われたり、避けられたりしたらどうしようと思うと怖くて、どうしても言えなかった……、ごめん」

「なんで謝るのかな。僕は嘘をつかれていたとは思っていないよ」

怜一はふふふっと笑うと、手のひらで温めていたコップを口に運んだ。

「まどかと名字が違うことに気づいた時、どうしてって母さんに聞いたんだ。そうしたら、まどかは父さんの知り合いの子なんだって、母さんが言ったんだよ。でもこうやって一緒に暮らしているんだから、まどかはウチの子だって。僕のお兄ちゃんなんだって」

「……」

「まどかは本当のことが言えなかっただけで、嘘をついてたわけじゃないもの。それにお店に来たお客さんだって、知り合いといえばいえなくないしね」

「……実際に俺の母親の顔を見たのは、伊作さんだよ……」

怜一がおっとりと善良なことを言うと、まどかは泣きそうな表情でそう言った。

沈黙が落ちる。怜一は、まどかがまだ言葉を溜めていると気づいている。言わなければいけないと思っていることをわかっている。でも言いだせないのだと知っている。

コップに一杯の酒を飲みほすまでまどかに猶予《ゆうよ》を与えたが、それでもまどかは口を開かない。そのためらいが、そのまま自分への想いの深さに思えて、怜一は嬉しい反面、自分とは真逆の方向を向くまどかの愛が悲しくて、小さな溜め息をこぼして言った。

「……出ていくつもり？」

「……怜一を抱いてしまう前に、出ていくべきだったんだ」

まどかは微笑して答えた。

「本当におじさんの知り合いの子供、ちゃんとした家の子供だったら、迷ったりはしなかった。だけど俺は伊作さんの言ったとおり、父親もわからなければ名前すらつけられていない、挙げ句の果てには母親に質草にされ、捨てられた子供だ。もしかしたら犯罪者の血が流れているかもしれないんだ」

「……」

「不気味に思わないか？　こんな真実を知っても、まだ一緒にいたいと思えるか？　正直に言っていやだろう？　気持ちが悪いだろう？　だから、…」

「知ってたけど、まどかは真面目だねぇ。たぶん、クソがつく真面目だよ」

怜一はまどかの言葉をさえぎると、少し呆れたような表情で言った。

「二十五年も同じ家で育ってきたんだよ？　そのまどかのどのへんが不気味に思えるのか、意味からしてわかんないよ」

「育ちじゃなくて、生まれだよ」

「だから意味がわかんないって言ってるじゃない。お父さんが不明、お母さんが蒸発っていう事実が、まどかの心にひどい傷を作っていることは、ぼんくらの僕でもわかる」

「傷ついてはいないさ」

「聞いて。僕はずっと、まどかのご両親は事故かなんかで亡くなったと思ってた。だからまどかは冷たいと思うだろうけど、ご両親がいないっていう事実だけを取りだせば、まどかの生い立ちと僕の思いこみに差なんかないと思ってるよ」

「怜一、そんなことじゃない、出自《しゅつじ》が、……」

「ああ、もう。わかりやすく言おうか？　父さんも叔父さんも伯母さんたちも、みんなじいさんとばあさんの子供で、みんな同じ血を引いてる。でも今はどう？　とりあえず善良な人に育ったのは父さんだけで、あとはみんなろくでなしだ」

「……」

「わかった？　すごくわかりやすいでしょう？　親がどんな人だとか、どんな家に生まれたかとか、そんなのは意味がない。人は、なりたいと思った自分になっていくんだもの」

「……それなら怜一は、どんな人になりたいと思ってきたんだ？」

「僕？　ずっとまどかに可愛がられる怜一」

「……っ」

なんの衒《てら》いもなく答える怜一に、思わずまどかは噴いてしまった。なるほどだから、まどかの希望に沿って、「可愛い怜一」が「いやらしい怜一」にも変化するのだ。見方を変えれば、まどかを離さないために、時々で最適な自分を演じていたということになる。怜一の天然腹黒は、もしかしなくても自分が醸成《じょうせい》してしまったんだとまどかは思った。

声を殺して笑うまどかに、怜一もくふんと笑って言った。

「だからまどかはなんにも気にすることないよ。まどかのことは僕が世界一よくわかっている。なにを聞かされたって、まどかが身内で、恋人ってことに変わりはない。僕はまどかのことが好き。大好きだもの」

「……怜一……」

「だいたいさ、ウチはまどかのお母さんに用立てていないんだよ。だからまどかは質草じゃない」

「……ああ」

「それに父さんの目利きの確かさも知ってるでしょ？　父さんはまどかのことをいい子だと思ったから、まどかから幸せを貰おうと思って、ウチにいてもらうことにしたんだよ。実際さぁ、父さんたちが亡くなってから、僕はまどかがいてくれるからしゃんとしてられるんだ」

「……」

「僕にとってまどかはかけがえのない人だよ。僕を支えてくれて、守ってくれて、大事にしてくれて。『藤屋』のこともきっちり回してくれて。父さんもご満悦《まんえつ》だと思うよ。やっぱりまどかはいい子だ、自分の目に狂いはなかったって。だからなんにも心配しないで、ずっと僕のそばにいてね」

「……っ」

まどかが指で目頭を拭った。まどかが泣くところなど初めて見る怜一は、泣かせてしまったと思ってうろたえた。どうしよう、と思いながらむやみに酒を飲んでいると、はあ、と息をついたまどかが、真っ赤な目で、無理やりに微笑をしてみせた。

「怜一が俺に執着するのは、おじさんたちが亡くなって、寂しいからだよ。この広い家に、一人になりたくないだけだ」

「違うよ、…」

「でもすぐにさ。すぐに、新しい家族ができる。素敵な女性と出会って、結婚してさ。そうすれば寂しくなくなるよ。俺がいなくても大丈夫だ」

「本当に僕、まどかに舐められてるよねぇ」

「いや、舐めてなんかいないよ」

どうしてそういう反応が返ってくるのかと、今度はまどかがうろたえる。怜一は拗ねた時にいつもするように、キュッと唇をとがらせた。

「僕はね。質屋の子供なだけに、目が肥えているんだ。だからいい男しか欲しくないの」

「待て怜一、男限定は、…」

「それにさ、まどかは責任を取るつもりはないの？」

「せ、責任て、なんの……？」

「僕、処女だったんだけど」

「……っ、それ、は……」

怜一の天然は破壊力抜群だ。首まで真っ赤に染めたまどかに、怜一は拗ねに怒りをプラスさせて言った。

「ウチは創業百年の老舗だよ？　その四代目若旦那に手を出した責任は、どう取るつもりなの？」

「いや、それは……」

「もし僕が女だったらね。僕を犯した次の日には、まどかが泣き叫んでいやがっても、強制的にウチの籍に入れられてるところだよ。婿養子になるところだ」

「怜一、怜一、…」

「それなのに逃げ出そうなんて、どういうつもりなの？　破れる処女膜もないんだから、ハメた証拠はないしな、テヘッとか思ってるの？　どれだけ中出ししようが子供はできないからいいやとか、婚姻届は出せないんだからなんの責任も負わされない、シメシメとか、そういう下衆な考えなの？」

「そ、そんな、ハメ…とか、中出し、とか……っ」

「僕を犯すってことはそういうことだよ。気づかなかったなんて言わせないからね」

「いや、わかっていたよ、ちゃんと、『藤屋』の四代目ってことも、葉山本家の長男だってことも…っ」

「で？」

「だから…っ」

怜一に射抜《いぬ》くような目で見つめられた。自分の過去と向き合うのがいやだから逃げるのか。どこもかしこもまどか好みに育ってあげた自分を犯した挙げ句、「可愛い怜一」を捨てるのか。自分と過去を比べたら、過去のほうが大事だとでも言うのか。——そう追及してくる目だ。それは同時に、まどかがどんなものを抱えていようが、丸ごと全部まどかを愛しているのだと告白するような目だ。

まどかは、ああ、と内心でうめき、降伏《こうふく》した。怜一が、こんな炎のような激しさも持っているとは知らなかった。自分への執着は怖いほどだが、それでも、怜一が可愛くてたまらないのだ。愛しくてたまらないのだ。

「……ごめん。ごめん、もう逃げない、ちゃんと責任は取る。俺も、怜一がいないと駄目だ。怜一がいなかったら息もできない。ずっと怜一のそばにいるよ。ともに白髪の生えるまで」

「おまえ百まで、わしゃ九十三までね。はい、それでようございますよ」

怜一の口から、母親がお手伝いさんの料理に合格を出す時の口癖が出た。俺は煮物と同レベルなのかと思い、おかしくてまどかはプッと噴いて言った。

「なんだ、九十三て。九十九だろう？」

「僕はまどかより七つ下だもの、九十三でいいんだよ」

「……ああ。そうだな」

当たり前でしょ、という顔で言う怜一が愛しくてたまらない。本当に、おっさんになってもじいさんになっても、ずっと怜一を大事にするよと、口に出して言ってやればいいのに、気持ちを言葉にしない癖がついているまどかは、やっぱり心の中で誓った。怜一のとがった唇が元に戻る。まどかはホッとして、言った。

「本当に、ふらついてごめん。許してくれてありがとう」

「ううん。……僕のほうこそ、ごめんね。あんなふうに伊作さんに……、言わせて。僕からちゃんと、まどかに聞いておけばよかったんだ。いやな思いさせて、ごめんなさい」

「いや」

「それに……、伊作さんを雇った時も、相談しないでごめんなさい。伊作さんを雇ってからまどかがよそよそしかったのは、よそよそしかったんじゃなくて、緊張してたんだね。家の中に泥棒がいるから」

「……」

「伊作さんを信用しきってる僕を傷つけたくなくて、言えなかったんだよね。そのことも、ごめん。僕は本当に子供で……、目で見たものだけが真実だと思っていた。まどかにたくさん我慢をさせて、ごめんなさい」

「怜一が謝ることじゃない。怜一になにも知らせず伊作さんを追い払うことはできないかと考えていたからな。なかなかうまくいかないイライラが怜一にも向かってしまった。……ベソをかかせるくらい不安にさせて、ごめん」

「え？　なにそれ。僕はベソなんかかいたことはないよ。泣く時は豪快に泣くもの。甘やかされてわがままに育ったから、我慢しないし」

心底不思議そうに怜一が言う。なんだ無自覚だったのかと思って苦笑したまどかは、無自覚ゆえに純粋に、まどかの好意が失われたかもしれないことを恐れてくれたのだと思った。いくつになっても怜一は可愛くて、まどかは卓袱台から身を乗りだして怜一の頭を撫でた。

怜一は安心したのか、やっといつものおっとりとした微笑を浮かべた。

「仲直りできてよかった」

「べつに喧嘩をしていたわけじゃないだろう？　それよりも」

まどかも酒を口に運んで続けた。

「伊作さんをどうするかだ。あいつはまた確実に品を横流しする。わかっていても、怜一があいつのクビを切るのは得策じゃない」

「どうして？　経営が苦しいからバイト代が払えないって言えばいいじゃない。ものすごくまっとうな理由だと思うけど」

「あいつはもうすぐ六十になる。ウチをクビになったら再就職は難しい。生活が苦しくなるのは目に見えてる、金に汚いあいつがそんなことを受け入れるわけがない。あいつは絶対にただではウチを辞めないぞ」

「生活が苦しくなるのなんて自業自得じゃない。放りだしてしまえばいいよ」

「怜一、そういうことじゃないんだ。あいつは俺と怜一のことを知っている。茶の間でおまえにキスをしていたところを見られた」

「あ……」

「クビを切ったらあいつは絶対に、俺たちの関係を絡ませて『藤屋』の中傷を言って回るぞ。怜一は気にしないだろうけど、周りは気にする。あいつの外面のよさはわかっているだろう？」

「ああ……」

たしかにそうだと思った。蔵で本性を剥きだして毒のような言葉を吐き続けた伊作を知らなければ、今でも善意の塊《かたまり》のような男だと思っていたに違いない。あの外面《そとづら》で、『藤屋』は若旦那と大番頭がデキていて、昼間から乱れた生活をしている、自分は先代の頃から『藤屋』にいる、店のために若旦那を諌《いさ》めたが聞き入れない、そばで見ていて堪え難くて店を辞めた、女遊びならまだしも男、それも大番頭という身内に手を出すなんて、『藤屋』はもう駄目だ……。涙の一つでも見せながらそれくらいは言いふらしそうだ。

「信用がた落ち作戦か。たしかにそれやられたら、競りや市の声がかからなくなりそう。それをやるぞって、はっきり脅してくると思う？」

「そんな言質《げんち》は取らせないと思う。最後まであの善人ヅラを通すだろうな。自分をクビにした負い目を怜一に感じさせておけば、いつか金でも借りられるとか、そんなことを考えそうだ」

「そうだねぇ……。本当の善人だったら、いくら元大番頭といっても、バイトの身なら、堂々と母屋になんか入ってこなかっただろうしね。心底僕のことを『藤屋』の旦那とは思ってなかったんだねぇ。甘ったれのぼんくら息子だと思って、舐めきってたんだなぁ」

怜一はぼんやりした表情で、おっとりのんびりそう言った。育ちがいいのはわかるが、こんな時くらい怒ってくれよと、内心で少し苛立ちながらまどかは言った。

「だからってこのままにはしておけないよ。あいつは裏の蔵の品まで狙っているし、そうじゃなくても流れた品を横流しする気だ。駅前店に移してしまうというのも手だが、あんな奴にバイト代を払うのも業腹《ごうはら》だ」

「……どういう意味だ。こっちがいろいろ考えなくても、伊作さんのほうから辞めてくれるよ」

「ああ、大丈夫。なにか考えがあるのか？」

「うーん……。この際だから、まどかにも片棒担いでもらおうかなぁ」

怜一はやっぱりのんびりと言い、おっとりとした微笑を浮かべた。片棒を担ぐという言葉と上品な微笑が不釣り合いだ。なにをしようというんだとまどかは思い、なんとはなく背筋をゾクゾクさせた。

三ヵ月が経った。八月。

明日からお盆休みに入るという日だった。

「伊作さん、お疲れ様でした。もう上がってくださっていいですよ」

午後七時、帳場に顔を出した怜一は、ちょうど暖簾を下ろしてきた伊作に言った。伊作は地蔵のような笑みで、いえいえ、と首を振った。

「まだ帳面付けが残っておりますから」

「僕がやるのでいいですよ。明日からお盆休みだし、今日くらい早く帰ってゆっくりしてください。ああ、これ、少ないですけど氷代です」

「ああ、バイトのわたしにまでこんなお心遣いを。ありがとうございます、いただいてまいります」

「はい、お疲れ様でした。お盆明けからまたよろしくお願いします」

「はい、はい、ではお言葉に甘えまして、盆の休みを頂戴《ちょうだい》いたします」

伊作は水引《みずひき》が印刷してある簡易な熨斗《のし》袋を、押し戴《いただ》くようにして受けとると、いそいそと帰っていった。丸い背中を見送った怜一は、無意識に、ふふっと楽しそうに笑い、帳面付けに取りかかった。

質屋が品を預かるのは、三ヵ月が期限だ。特段の申し出がない限り、三ヵ月目に利息を払うか、元利を払って品を引き取らなければ、質流れとなる。その代わり、客は借りた金を返さなくてもいいのだ。今日が預かり期限だった品は五品だ。そのうち手元に残っているのは三品。二品は客が引き取っていったということになる。怜一は、うふふ、とまた楽しそうに笑った。

帳面付けを終え、夏期休業のお知らせを出入口の引き戸に貼りつけてから、母屋へと戻る。夕食をとるために一旦家に戻ってきたまどかとともに食事をしながら、怜一は天気の話でもするように、のんびりと言った。

「伊作さんがあのネックレス、持って帰ったよ」

「今日が期限だったか。そうか、やっぱりやったか……」

思いきり顔をしかめたまどかは、三ヵ月前のことを思いだしていた。

『片棒を担がせる』

そう言った怜一に、裏の蔵へと連れていかれた。どうするつもりだ、と尋ねたまどかに、蔵の扉をゴロゴロと開けて怜一は答えた。

「うん、いい品があって……、うわぁ、カオスになってる」

思わず怜一はあとずさり、まどかにトンとぶつかってしまった。いつもは静かに立ち上っているだけの瘴気が、まるで嵐のように渦を巻いて吹き荒れているし、彫刻が見事な衣装箪笥は引き手の金具が全部飛び跳ねて、楽器のようにカチャカチャと音を鳴らしている。なにかが閉じこめられている薬箪笥からは、出せーっ、出せーっ、と叫ぶ声がするし、屏風の中からこちらを睨む獣の目が、今までは一対だったのに、なぜか無数に増えているのだ。伊万里の大壷に絵付けされた唐人が鞠《まり》遊びをしていたり、指輪の巨大なエメラルドが眼球のように瞬きをしたりが、可愛らしく思えてしまうすさまじさだ。まさか、と思って神棚に視線を向けた怜一は、やってくれたねぇ、と呟いて、背後のまどかの手をギュッと握った。もちろんまどかは、こんな各種取り揃った怪異など見えないのだが、怜一がひどく動揺していることから、なにか恐ろしいことが起きているのだと思って、怜一の肩を抱きしめた。

「大丈夫だ、怜一。俺がいる」

怪異が見えない、聞こえない、感じられないということは、一種の魔除《まよ》けの能力とも言えるだろうとまどかは思っているので、大丈夫という言葉にも、根拠はないが自信がある。まどかに励まされた怜一は、見てよあれ、と言って神棚を視線で示した。まどかも神棚へ目をやって、今度はウッと息を呑んだ。

神棚に備えられているなにかの小箱に、切り出し小刀ほどの大きさのご神刀が真っすぐに突き立っていたのだ。

「怜一……」

声をふるわせたまどかに、怜一は溜め息をこぼして言った。

「蔵の神様に、ばあさんが出てきたら叩き切ってくださいってお願いしてたんだよ。ご神刀が箱に突き立ってるってことは、出てきそうになったから、刺して蓋が開かないようにしてくれたんだろうねぇ。このひどい有様もばあさんの影響だね、きっと」

「おい……、ばあさんて……」

「うん、あの小箱に入っているのは、伯母さんが持っていた、祟り憑きのパールネックレスなんだ」

「なんであんなものがウチにあるんだ……」

ゾッとして小声で尋ねたまどかに、怜一はもう一度溜め息をついて、誉田に無理やり押しつけられたことを話した。

「どうせここから出さないしと思って、まどかに言わなかったんだ。ごめんね、内緒にしてて」

「いや、そんなことはどうでもいい。おい、怜一……、怜一!?」

神棚に寄った怜一が、あろうことか小箱を手に取り、せっかく神様が封じこめで刺してくれたであろう小刀を抜いてしまった。そしてまどかの前に戻ってきて、パカ、と蓋を開けたのだ。まどかは顔を引きつらせた。

「開けるなよ、怜一っ」

「ああ、ばあさん。ご無事でよかった」

怜一はネックレスの輪の間から自分を睨み上げてくる老婆に、にっこりと微笑を見せた。

老婆は最初に見た時よりも、さらにいっそう恐ろしい形相になっていた。神頼みで自分を閉じこめた怜一に腹を立てているのだろう。怜一は苦笑して言った。

「今日はばあさんの声まで聞こえるよ。今度はおまえだ、今度はおまえだって言って、怒り狂ってる。僕のこと指差してるよ、見て？」

「見ない、見ない。なあ、これ、寺かなんか持っていって、供養だか成仏だかさせたほうがいいんじゃないか？」

まどかは全身に鳥肌を立てた。ミニチュア老婆が憑いている、という話だけでも恐ろしいのに、その老婆がこんな平たい小箱の中に入ってしまっているということが、さらには呪いの言葉をかけてくるとは、異次元レベルに理解できないほど恐ろしい。けれど怜一はのんびりと言うのだ。

「供養とか成仏って、元が人の場合に有効なんじゃないの？　霊魂のカテゴリっていうか。このばあさんは、カテゴライズするなら妖怪だと思うもの」

「分類はどうでもいい。とにかく怜一、それを蔵の神様に頼んで、早くここを出よう」

「そうだね。このばあさんのせいで、蔵の中は大騒ぎだし。瘴気がじゃれついてくるよ、困ったなぁ……」

「……」

まどかは戦慄しながらも、怜一を守るべく片腕に抱き、もう片腕で、見えない瘴気を払う仕種をした。

「シッシッ。怜一に近寄るな」

「わあ、まどか、やっぱり強いねぇ」

怜一は感心してそう言った。怜一には、まどかの腕に払われた瘴気が、弾かれたように向こうのほうへ飛んでいく様が見えている。怜一は見ることしかできないので、こうしたことを子供の頃から難なくやってのけるまどかに純粋に感心した。

ネックレスに視線を落とした怜一は、相変わらず怒りの形相で髪を振り乱し、マッチ棒のような指で怜一を差しながら、おまえだ、今度はおまえだ、と喚《わめ》きたてる老婆にニコッと笑みを見せると、その表情とは裏腹に乱暴にパンと蓋を閉めた。

「さて、まどか、蔵を出ようか。屏風の獣が出てきそうで怖いもの。さすがにまどかもあれは倒せないでしょう?」

「獣……!? 俺が倒せるのはゴキブリどまりだ」

「だよねぇ。さ、早く出よう」

「ちょっと、おい怜一っ」

怜一が呪われたネックレスを持ったまま蔵を出たので、まどかも慌てて蔵を出て、しっかりと扉を閉めて施錠をして、怜一を追った。

「怜一、おいっ、そんな祟り憑きの品を母屋に持ちこむなっ」

「ごめん、一日だけ我慢して。明日の夜には蔵に戻すから」

「どうするつもりだ」

「うん。これ、明日の午前中にお客さんから預かった品として、帳場に置いておく。出勤してきた伊作さんなら、絶対にこれに目をつけるよ。極上のグレーパールだもの」

「まさか……」

「持って帰ってもらおうよ。下手な質屋なら五十、まともな質屋なら百二十、百三十は出すって、伊作さんならすぐにわかるでしょ。流れたと知ったら、必ずこれを持ち帰るよ」

「そうだろうけど、そんなことしてどうなるんだ……」

「さあ。それはこのばあさんに聞かないとわからないよ」

「おい…、おいおい、待て怜一っ、いくらなんでもこれはまずいだろう、呪いのばあさんだぞっ、なにが起きるか、…」

「黙ってて。これは若旦那の決定ですよ、大番頭さん」

怜一はなんともたおやかな笑みを浮かべてそう言い、まどかの口を封じたのだ――。

あの日のことを思いだしたまどかは、若干、食欲が落ちたことを認めながら怜一に尋ねた。

「怜一は、あのネックレスを持ち帰った伊作が、結局どうなると考えているんだ」

「そうだねぇ……」

豚しゃぶにたっぷりとおろしポン酢をまぶしながら怜一は答えた。

「まどかもあのばあさん、というか、あのネックレスの業や因縁みたいなものが見えたでしょう？」

「いや……」

「あんなものをこの盆休み中、ずっと持っていたら、なにが起きちゃうんだろうねぇ。僕にもわからないよ」

「……」

怜一はそう言って愛らしく首を傾げるので、ようやく怜一の思惑に気づいたまどかは心底ゾッとした。

「おまえは本当、ぽやぽやして可愛いくせに、恐ろしいことを考えつくよな……」

「そうかな。僕の思い違いで、伊作さんが泥棒をしていなかったとしたら、なにも起きないと思うよ。予想どおり泥棒してたら、罰があたるんじゃない？」

「……」

「それで伊作さんの身になにが起きても、それはまぁ自業自得とか、因果応報とかいうものだよねぇ」

怜一はそう言って、老舗の若旦那らしく、品よくほほえんだのだ。まどかはごくりと唾を飲みこんだ。誉田の父親が無残な不審死を遂げていることが頭をよぎった。

(あれが老婆の仕業《しわざ》だと怜一が思っているなら、その老婆を伊作に持ち帰らせた怜一は……)

まどかは軽いめまいを覚えた。怜一のこのたおやかさと冷酷さの同居ぶりは、もはや人間離れしていると思った。じっと怜一を見つめる。怜一は茄子《なす》の辛味噌《からみそ》いためを口に入れると、うん？　という具合にまどかを見た。

「どうしたの？　……茄子？　大丈夫だよ、皮は剥いてあるから、まどかも食べられるよ。おいしいよ？」

「ああ、うん、食べてるよ」

まどかはハッとして、慌てて顔を伏せてクククと笑った。やっぱり可愛いと思った。この可愛い怜一の中に、伊作がどうなろうが知ったことではないと言い放つ冷たい怜一もいる。腹黒どころか残忍でさえあるが、それらも引っくるめて怜一が愛しいと思うのだ。伊作になにが起こっても、結果は引き受けようと思った。一生、死ぬまで、片棒を担ぎ続ける。善悪や情非情の境目が恐ろしく曖昧な怜一を丸ごと愛していくには、それくらいの覚悟が必要だ。

まどかがわざわざ茄子を口に運んで、食べられるところを怜一に見せると、怜一は嬉しそうにほほえんで、無邪気に言った。

「おいしいよね？」

「ああ、おいしい」

「たくさん食べてね。それで、明日からお盆休みだし、今夜はたっぷり僕を抱いてね」

「……そうだな。明日から休みだしな」

まどかは半ば呆れながらうなずいた。伊作にあの妖怪老婆を持ち帰らせ、まだ一時間しか経っていないというのに、平気な顔でまどかにセックスをねだるのだ。もしかしたら怜一は、「可愛い怜一」という名の妖怪かもしれない……、そんなたわいもないことを考えて、まどかは小さく笑った。

別々《べつべつ》に入るのは時間の無駄なので、二人一緒に風呂を使う。怜一はのんびりと湯槽につかりながら、ガシガシと頭を洗うまどかに尋ねた。

「まどかはお風呂でセックスって、燃える？」

「いや、萎える」

「本当？　どうして？」

「危ないから。滑って転んだりとか、頭や膝や腰を打ったりとか、いろいろと考えてしまうから、興奮なんかできないな。怜一は風呂場でしたいのか」

「違うよ。まどかが燃えてくれるシチュエーションを模索しているんだ。じゃあコスプレは燃える？　僕まだ高校の制服着られるよ。学ランがいいなら買ってくるし」

「怜一……。シチュエーションが必要なほど倦怠期《けんたいき》じゃないだろう？」

「だって僕はもう処女じゃないから、まどかが燃えないんじゃないかと思ってさぁ」

「べつに俺は処女が好きなわけじゃないよ。なにを心配しているんだ」

まどかは少し呆れながらシャンプーを洗い流し、逆に怜一に尋ねた。

「怜一のほうこそどうなんだ。どんなふうに俺に可愛がってほしいんだ？」

「あー、そういうのが好き」

「…そういうの？」

「上から目線な感じ。初めてまどかに抱いてもらった時、意地悪ご主人様みたいですごくドキドキしたんだ」

「……ああ、そうか、そうだった、怜一はそうなんだ」

「なに」

「いや、俺もそうかな。どうも怜一だけは泣かせたくなる」

「本当？　じゃあ今日もたくさん泣かせてよ」

怜一はそう言って、楽しそうにうふふと笑うのだ。まどかは顔を洗いながら、エスカレートしそうな自分が怖いけどもな、と思った。

怜一の部屋で、クーラーが利くのを待ちながら、まどかはベッドに腰かけて「お道具箱」を物色した。イオン飲料を飲んでいた怜一は、目を輝かせてまどかの隣に腰かけた。

「どれ？　どれ使う？」

「想像と実際は違うと思うぞ。使ってみて不愉快だったらやめような」

「まどかが興奮するなら僕はなにされてもいいよ。あ、でも、痛いのやつらいのはいやかな。叩いたり浣腸《かんちょう》したり。……一応、道具はあるけど……、やる……？」

「やらないよ。しかしそんなものまで買っていたのか……。俺がド変態だったらどうするつもりだ」

「もちろん頑張るよ。まどかにになら調教されてもいい」

「そういう方向ではいじめない。可愛い怜一だからな。……ああ、これ可愛いな」

道具箱の引き出しを開けたまどかが、首輪の左右に手枷をジョイントできる拘束具を取りだした。ピンク色のエナメルの表地にラインストーンが華やかに飾りつけられている。まどかがふっと笑った。

「猫用の首輪みたいだな。可愛くて、怜一に似合いそう」

「やっぱり。まどかが好きそうと思って、これ買ったんだ。なにしろ僕は『可愛い怜一』だからね。目隠しもハート柄なんだ、使う？」

「使わない。怜一の感じてる顔が見えなくなるだろう」

「あ……、そう……」

怜一がふわっと羞恥した。やはり「見せる」のは平気だが「見られる」のは駄目らしい。可愛い、と思い、怜一にキスをしながら押し倒した。

「…、まどか、首輪、つけてよ」

「本当にするのか？」

「うん。どんな感じになるか試してみようよ」

「……これ、跡がついたりしないだろうな……」

改めてじっくりと首輪を検分し、裏面に厚みのある柔らかな布地が張られていることを確認した。

「大丈夫かな……。こすれて痛いと思ったらすぐに言うんだぞ？」

「あー。夏だから、跡がついたら隠しようがないものね」

「そういう意味じゃなくて。おまえの体に傷をつけたくないんだよ」

まどかは難しい表情でそう言いながら、首輪を取りつけていく。言ってることとやってることがともなっておらず、怜一はクスクスと笑ったが、両手も拘束されて、身動きが不自由になったとたん、瞳の色を深くした。

「あ、なんか……、これだけで興奮する……」

「……俺も、ブラックまどかが発動しそうだ」

まどかも目を細めて低く笑った。怜一の足もベッドの上に抱え上げる。胸から腹、腰と体を撫で下ろすついでに、下着を脱がせた。大きく足を開かせて股間を見つめる。見られることに弱い怜一は、もぞりと体をくねらせて言った。

「まどか、電気消そうよ……」

「黙って、怜一。声は出してもいいけど喋ったら駄目だ。それが今日のルール」

「ん……」

怜一はいっそう瞳を濡らし、まどかは自分の中でスイッチが入ったことを自覚した。道具箱からジェルを取りだそうとして、まどかはふっと笑った。

「こんなものまで可愛いのを選んだのか」

キュートなサクランボ色のローターだ。それを手に持って、怜一に見せつけながらスイッチを入れる。とたんにローターは細かな振動をした。それをゆっくりと、まだ眠っているような乳首に近づけていく。目で追っている怜一が、期待からなのか、ふるえる吐息をこぼした。

「…あ、あっ」

ローターが乳首にふれたとたん、怜一は小さな声をこぼして身をよじった。優しく押しつけたり、円を描くように刺激してやると、そこは鮮やかな紅色に染まり、プクンと立ち上がる。

「怜一、ほら。すごくいやらしい形になった。見てごらん」

「んん……、あ……」

促されてそこを見た怜一は、上気した顔をさらに赤くした。キュッと腕をちぢこめて隠そうとするが、手首を首輪に繋がれていてそれもままならない。まどかはもう片方の乳首にもローターで刺激を与えた。

「両方とも赤くとがった。可愛い怜一が、もっと可愛くなったな」

「……」

怜一が赤い顔をゆるく左右に振る。見ないで、という意思表示なのだろう。平気でいやらしい言葉を言うし、自分からなら大胆に股も開いて見せるのに、こんなことを恥ずかしがるのが面白いとまどかは思う。また乳首にローターをあてて怜一に声をあげさせると、そのまま体中を刺激した。

「あ、あ…、あ、あ……っ」

艶かしく身をよじる怜一の表情は、くすぐったがっているのではなく、明らかに感じている。拘束され、オモチャを使われているということ自体に興奮しているのだろう。足の付け根までローターを下ろしてきた時には、怜一の中心は半ばまで立ち上がっていた。まどかはローターのスイッチを切り、言った。

「うつぶせて、腰を上げて」

「……」

いや、というふうに怜一は小さく頭を振る。次にまどかがどこをいじめるつもりでいるのか、わかっているのだろう。まどかは低く笑って言った。

「怜一。うつぶせて。尻を高くするんだ」

「ん……」

さすがに、上から目線で言われると感じると自己申告した怜一だ。まどかがちょっぴりの命令調で言うと、怜一は潤んだ瞳をさらにとろかせて、まどかの手も借りて、言われたとおりの姿勢をとった。もちろん手枷つきの首輪をつけたままだから四つんばいにもなれない。尻だけを高く掲げた格好だ。まどかがふふっと笑った。

「可愛いよ。猫みたいで」

「ま、まどか……」

「黙って、怜一。泣くのは構わない」

「あ、あ、あ……っ」

スイッチを入れたローターをふくらはぎにあてる。そのままゆっくりと尻へ向かって移動させていくと、怜一は可愛い声をあげて尻を揺らした。太股から尻へ。柔らかな丸い尻たぶを撫で回すようにローターを使い、反対側の尻も同様に。刺激としては大したことはないが、いつそこを攻められるのだろうという期待と不安が、怜一にとっては快感になっている。ユラユラと尻を揺らし続ける怜一に、まどかはクククッと喉で笑って言った。

「怜一の可愛い小さな孔が、ヒクヒクしてる。なに。ローター欲しいのか」

「ほ、欲しくないよ…、や、いや…っ」

「怜一、喋ったら駄目だ。ほら、ルールを守らないから。お仕置き」

「…っああっ、あっあーっ」

可愛い窄まりにローターをあてたとたん、怜一は悲鳴のような嬌声《きょうせい》をあげた。指の代わりにローターでマッサージするように動かしてやる。よほどたまらないのか、怜一は激しく腰を振った。

「ああっ、あっあっ…、あああぁっ」

「怜一、そんな動くな、やりにくい。我慢しろ」

「ああっ、…は、あ、あっ」

ペチ、と軽く尻を叩いたら、それにも感じたらしい怜一がビクンと体を揺らした。まどかの言うとおりじっとしていようと思っているらしいが、窄まりを振動で刺激されては我慢ができないようだ。まるでもっととねだるように小刻みに腰を振った。可愛い孔がオモチャを欲しがるように収縮する様を堪能していたまどかは、もっといじめてやりたいという気持ちを抑えられなくなった。

「怜一、動くなよ」

「んっんっ」

窄まりをローターでいじめながら、そこへたっぷりとジェルを垂らした。振動にヌルヌルとぬめる感覚まで加わって、怜一は甘い悲鳴をあげた。

「駄目、駄目っ、それ駄目えぇっ」

「また喋ったな。怜一、ルール違反だ。お仕置き」

「あっあっあ……っ」

十分に刺激された怜一の孔は、ジェルのぬめりも手伝って、なんとも簡単にローターを呑みこんだ。中へ入れてしまうと怜一のあえぎが小さくなった。まどかは、あれ、という表情をした。

「中はあんまり感じないのか」

「ん……」

「そうか。中で泣かせるなら、あのイイトコロか」

「……」

まどかが呟いたとたん、怜一の可愛い孔がキュウと窄まった。イイトコロを攻められる快感を思いだしたのだろう。ローターのコードがヒョコンと動いて、鼠の尻尾のようで可愛くもいやらしい。まどかは衝動的にそこにキスをした。

「あ…っ」

怜一が驚きと快感の交ざった声をこぼす。怜一が可愛くて可愛くてたまらなくて、まどかはローターを呑みこませたままの窄まりを、じっくりねっとり舐め回した。

「んんっ、まどかっ、まどかぁっ」

「…本当、ここ、感じるんだな……」

窄まりだけではなく、尻から腿までピクピクと反応を見せる。そろりと前に手を回してみると、怜一の中心は十分に硬くなっており、ヌルヌルに濡れていた。まどかは下半身にズクリとうずきを感じ、はあ、と熱い息をこぼした。

「早くおまえに入りたい……」

そのためには怜一の後ろをもっとほぐしてやらないとならない。まどかはしつこく窄まりを舐め回しながら、指を一本挿入した。

「ああ、あ、あ……」

ローターが奥へ押しこまれて、怜一の体が妖しくうねった。舐められる快感と拡げられる感覚が怜一を惑乱させ、口からはまた引っきりなしに甘い声がこぼれた。

じっくりと時間をかけて柔らかくしていく。二本の指で孔を開き、その隙間に舌を差しこんでうごめかせてみたら、息を詰めた怜一が、こらえきれずというふうに、あぁん、と泣いた。可愛くてたまらない。まどかは舌を抜くと代わりに三本目の指を入れ、怜一が絶対に怪我をしないように、十分にほぐして拡げた。

指を抜き、ローターを引きずりだしてやる。弛《ゆる》んだ孔からサクランボ色のローターが出てくる様が、恐ろしいほどに卑猥だ。ごくり、と喉を上下させたまどかが、わざとじりじりコードを引くと、感じてたまらないらしい入口を振動で刺激された怜一が、泣きながら前へと逃げた。ヌルン、とオモチャが抜けて、まどかの手の中でぶらぶらと間抜けに揺れる。まどかは下着を脱ぐと、それにローターを包んで脇へと放った。

「怜一……、上向いて」

チュ、となめらかな尻にキスをして、ゆっくりと怜一の体を返す。やっと見ることのできた怜一の顔は、熟《う》れた桃の色に上気して、とろけきった目をしている。前戯はお気に召していただけたようだと目を細めたまどかは、怜一のすらりとした足を抱えると、オモチャの代わりに己の剛直を挿入した。

「あ、あ、あ……、い、い、い……」

「うん。もう喋ってもいい」

怜一の中に根元まで埋めてから、手枷と首輪を外す。深い口づけを与えると、怜一はやっと自由になった手をまどかの首に回し、ギュッと抱きしめた。

「んっ…、んっ…」

怜一の口をキスでふさいだまま、まどかは体を馴染ませるようにゆっくりと腰を使った。突き上げるたびに喉で泣く怜一が、まどかをひどく興奮させる。怜一にしっとりと締めつけられているそこは、痛いほど張りつめていた。そんなにもたないぞ、と思っていると、まどかの腰に足を絡めた怜一が甘くねだった。

「ん、ん、まど、か、……して、もっと……」

「わかってる。俺は怜一のものだからな……」

「あ、あっ、そこ、いっ……あっ」

「俺の体は怜一のものだ。欲しいだけ使え……。俺の全部……、心も、人生も、持てるだけの愛も、全部おまえのものだ、怜一……」

「あ……あっ、駄目、駄目…っ、いく、いっちゃ……っ、んんん……っ」

快楽に溺《おぼ》れている怜一は、まどかの告白など聞こえていない。けれどまどかは、それでいい、と思った。無意識に無自覚にまどかを欲しがり、ねだり、独占しようとする怜一がいい。わがままなほどストレートにまどかに向ける愛情が、なによりもまどかの支えなのだ。

「怜一……、好きだ……」

「…んっ、くうぅ…っ」

耳に吹きこまれた囁きが引き金となり、怜一は一息に昇りつめた。食いちぎるほどまどかを締めつけ、絞り上げ、まどかを道連れにして。


お盆の中日にはまどかと二人で墓参りに行った。古い市営霊園は敷地が広く、墓地の区画も車道もゆったりと作られている。春は満開の桜並木が美しく、真夏の今は、葉盛りの枝が濃い影を歩道に落としていた。年四回、盆暮れ、正月と命日にしか墓参に来ないので、まずは掃除から取りかかる。前回供えた花や供物は管理者が処分してくれているが、墓石に落葉が積もっていたり、埃まみれになっているので、綺麗にするのだ。

新しく花を供え、父親には家から持ってきた怜一もお気に入りの大吟醸《だいぎんじょう》を湯呑みに注いで、母親には好物だった和菓子と季節の果物を供える。最後に線香を香炉に置いて、まずは怜一が手を合わせた。

「一周忌以来です、お久しぶりです。ようやくまどかを口説き落とせたので、結婚します」

「…っ、怜一!?」

「うん？　あ、もう結婚したって言ったほうがいい？」

「いやいやいやっ」

まどかはドッと冷や汗を浮かべ、怜一の横に割りこむようにして墓前に膝をついた。

「おじさん、おばさん、すみませんっ。怜一は四代目なのにっ、若旦那なのにっ、跡継ぎが必要なのにっ、て、て、手を出しましたっ」

「まどか、いいんだよ、僕がそう仕向けたんだから」

「黙ってなさいっ。本当に申し訳ありませんっ、一生をかけて怜一と『藤屋』を守っていきますっ、どうか許してください…っ」

「許すってさ」

「怜一っ」

「だってうなずいてるもの」

「……っ!!」

怜一は墓石の左右に視線をやって、ねえ？　と両親に語りかけるように言った。二人ともそこにいるのか、と青ざめたまどかは、さらに土下座までした。

「一生怜一を大事にしますっ、約束しますっ」

「ありがと」

ふふ、と嬉しそうに怜一は微笑した。実は怜一は両親の霊などが見えているわけではない。お盆だしそのへんにいるだろうというつもりで墓石に視線を向けただけだ。まさかまどかが勘違いしているとは知らず、思いがけない誓いに胸を熱くした。

お盆休み中は、住みこみの長尾を含めてお手伝いさんたちにも休みを取らせているので、当然食事は用意されない。朝はともかく、昼と夜は外へ食べに出たり、あるいは日帰りで海やら山へ行ったり、そうでなければ家でベタベタイチャイチャしたりと、実家滞在型ハネムーンとでもいうような五日間を送った。もちろん不愉快な伊作の話などはしない。悲惨《ひさん》なことになっているに違いない伊作を、そういう意味でまどかは気にしていたが、あえて話題にしなかった。けれど怜一のほうは伊作の存在など心底から忘れ去っているようなのだ。薄情も情のうちなら、怜一のこの冷酷さはなんといえばいいのだろうとまどかは困惑した。

そうして盆休みが明けた日だ。

帳場で女性誌をめくり、人気の出そうなブランド商品をチェックしていた怜一は、午後一時を過ぎたことを確認すると、インターホンで台所にいるお手伝いさんに、昼食を持ってきてくれないかとお願いした。ややあってやってきたのはまどかだ。

「怜一、昼食食べておいで。俺が店番替わるから」

「あ、まどか、こっちに戻ってたんだ。ありがとう、お腹ペコペコなんだ」

「伊作さんは休みなのか」

「みたいだねぇ。来ないもの」

「……連絡は？」

「ないよ。無断欠勤なんて、伊作さんらしくないよねぇ。夏風邪でもひいて、電話もできないのかもね」

「ああ……」

怜一はのんびりと言ったが、まどかはなんとなく不吉な予感を覚えて、ゾワゾワしながら店番を替わった。

ところが翌日も伊作は出勤してこない。連絡もないので、伊作の自宅へ電話をかけてみたが、昼にかけても夜にかけても繋がらなかった。それが一週間も続いたその日、お昼休憩の交替に来てくれたまどかに、怜一は首を傾げて言った。

「今日も伊作さん、お休みみたい。どうしたんだろう」

「ああ。本当に、どうしたんだろうな……」

まどかは内心でゾッとしながら、ともかくもこのままではいけない、と怜一に言った。

「バイトとはいえ、伊作さんはそのへんの無責任な学生じゃない。一週間も無断で休むなんておかしいだろう。雇用主として様子を見に行かないと」

「それもそうか。じゃあ食事すませたら、行ってみるよ。まどかも行く？」

「……行く」

本音は行きたくなかったが、想像したとおりの事態になっていたら、そんな場所へ怜一一人を行かせるわけにはいかないとまどかは思った。

暖簾を下ろして臨時休業の貼り紙を引き戸に貼り、まどかの運転する車で、伊作の住んでいるアパートへ向かった。

「まどか、さっき大家さんのところへ電話したんでしょう？　部屋、開けてくれるって？」

「ああ。警官に同行してもらうことが条件だ。交番に電話したら、先に行って待っててくれるそうだ」

「そう。お巡りさんはよくウチに立ち寄ってくれるから顔見知りだけど、問題は大家さんだよねぇ。一応名刺持ってきたけど、僕のことを『藤屋』の旦那だと信じてくれるか……」

「大丈夫だよ。警官が怜一のことはよく知ってる」

答えながら、まどかはニヤリと笑ってしまった。ポロシャツにジーンズの怜一は大学生にも見えるのだ。果たして大家はどんな顔をするだろうなと思った。

十分もかからずに伊作の住むアパートに到着した。白いサイディングの壁に出窓。階段を真ん中にして、上下で二戸、合計四戸からなる今風のアパートだった。階段の前には、すでに大家さんらしき男性と警官が待っていた。

「お待たせしてすみません、お電話さしあげた葉山です」

「ああ、どうも、大家の小柳《こやなぎ》です」

小柳は細身で、さっぱりと調髪された髪に交ざる白髪具合から、六十も半ば頃かと思われる、物腰の柔らかな男性だった。けれど表情は硬い。怜一が名刺を渡すと、小柳はしげしげと眺め、質屋をなさっているんですか、とぼんやりと言った。

「ええ。伊作さんはウチの従業員なんですが、ここ一週間ほど無断欠勤をしているんです。寝こんでいるのかどうしたのかと心配になりまして」

「ああ、そういうことですか」

そう言ったものの、小柳はますます顔を強ばらせた。寝こんでいるだけならいいが、とその表情は言っている。怜一は顔見知りの警官にも、わざわざすみませんと謝って、さっそく小柳に伊作の部屋のドアを開けてもらった。

「伊作さん、いますか？　怜一です。……伊作さん？」

ドアを開けると中からムッと熱気が出てきた。恐れていた異臭は感じられなかったが、まどかは思わずあとずさってしまった。けれど怜一は平気で部屋に上がりこむ。

「伊作さん、お邪魔しますね。伊作さん？」

入ってすぐがダイニングキッチンになっていて、奥に洋室と和室が一間ずつある。部屋の中はどこもかしこもきちんと整頓されており、掃除も行き届いていた。

「いないねぇ……。家具も本もいろんな細かいものもそのままだし、洗濯物だって干してある。出勤していて留守ですって感じだよね」

まどかに言うと、まどかは、いや、と低く答えた。

「流しの三角コーナーにお茶っぱが捨ててあるんだけども。乾燥しきっている」

「ふぅん？　捨てたお茶っぱが乾燥しきっちゃうくらい、伊作さんはこの部屋に戻っていないってことか。仕事にも来ないでどこ行ってるんだろうね」

怜一は部屋を出ると、まだ緊張している小柳に頭を下げた。

「無理を言って部屋を開けていただいて、ありがとうございました」

「いやいや、その、伊作さんは……？」

「それがいないんですよねぇ。三、四日は帰っていない感じで」

「そんな様子でしたか」

「ええ。寝こんでいるわけではなかったので、ひとまずはよかったと思います。ありがとうございました、お手数をおかけしました」

警官にも丁寧に礼を言って車に乗りこんだ怜一は、のんびりとまどかに言った。

「伊作さん、どうしちゃったんだろうねぇ」

「ああ……、そうだな……」

「部屋にはあのばあさんの気配もなかったしね。伊作さん、あのばあさんを連れ歩いてるのかなぁ」

「……」

どこまでも怜一はおっとりと言うが、まどかは尻の穴がキュッとするくらいゾッとして、返事もできなかった。

それから一ヵ月が過ぎても、伊作は『藤屋』に出勤してこなかった。もう九月の半ばだ。気温はまだまだ高いが、吹く風に涼を感じるし、庭から咲き始めの金木犀の香りも漂ってくるしで、夏が終わろうとしていることを実感する。

「怜一、替わるよ。休憩に入りな」

「あ、ありがとう」

正午過ぎにまどかが店番を交替しに来てくれた。怜一は帳場机の上を片づけながら、のんびりと言った。

「ねぇ、まどか。伊作さん、もう一ヵ月店に来ないじゃない。これじゃ解雇もやむなしだよね」

「ああ、そうだな」

「よかったね。こっちからクビにしなくても、伊作さんのほうから辞めてくれたようなものだものね」

「……俺は時々おまえが怖いよ、怜一」

「え、なんで？　なにが？」

純粋に不思議そうな表情をする怜一は、自分が伊作に、わざと、あの呪われた老婆を持ち帰らせたことを忘れているように思える。親戚だろうが赤の他人だろうが、自分にとって害だと思った人間を切り捨てる、その容赦のなさが怖いとまどかは思うのだ。ふだんがおっとりポヤポヤしているだけに、切ると決断した時の怜一から、まるで鞘《さや》から抜いた刀がキラリと光るような凄みを感じてしまうのだった。

怜一が帳場を立とうとしたところで、入口の引き戸が開いた。怜一は上げかけていた腰を戻すと、店に入るのをためらっているように中を覗く女性に、声をかけた。

「どうぞお入りください」

「あ……、あの、こんにちは……」

「はい、こんにちは。お暑うございますねぇ」

怜一のおっとりオーラはこういう時に威力を発揮する。まどかは帳場の後ろに正座して、入ってきた若い女性のホッとしたような表情を見ると、ふふ、と笑った。不要な品をお小遣いの足しにしようと売りに来たのではなく、生活に困って用立てを頼みに来たのなら、そして質屋が初めてで、さらには若い女性なら、恥ずかしい気持ちとともに緊張もするだろう。それを怜一はなんとも簡単にほぐしてしまえる。おじさん譲りの人あたりのよさだな、とまどかは内心でほほえんだ。

怜一は女性に椅子を勧めながら、そっと女性の様子を観察した。

（年齢は三十そこそこかな……、清潔で品のある装いだけれど、流行遅れもはなはだしい……着古している感も隠せない……、古風なまとめ髪にしているのは美容室に行けないから……？　化粧も口紅だけ……爪もギリギリまで切っている……食品を扱うお仕事かな……、結婚指輪はないけど、既婚者の落ち着きがある……）

そこまで観察して、ふっと女性の後ろに視線を向けた。女性に付き添ってきた母親だろうか、こちらも上品な着物を着たおばあさんだ。ただ、まだまだ暑い九月だというのに袷《あわせ》仕立ての着物に羽織まで着ている。外出着がこれしかないのだろうなぁと怜一は考えた。この親子はお金に困っていらっしゃるのだ。

そう判断した怜一は、なにをどう言えばいいのかと、そんなことをためらっている様子の女性に、ニッコリとほほえんで言った。

「なにか冷たいものでもお出ししましょうか。外は本当に暑うございましたでしょう？」

「あっ、いえっ、いえ……っ」

怜一の投げたきっかけで、女性は膝の上に抱えていたバッグから、反物《たんもの》を取りだした。

「これ……、これで、その、いくらかでも……」

「お預け入れでございますね、ありがとうございます。拝見させていただきます」

おずおずと窓口から差しだされた反物は、本物の結城紬《ゆうきつむぎ》だった。すらっと広げてみる。白地に、いくつかの絣《かすり》模様を組み合わせた、柄リボンのような細い縞《しま》が入っている。四十、五十年前なら若い女性が喜んで袖を通しただろうが、今となっては柄が古すぎた。けれど大切に保管されてきたらしく、ほつれ、引きつれ、日焼けもなく、非常にいい状態だ。

（ああ、それに、優しい……）

反物を持つ手に、ぽう、と温かみを感じるような優しさが伝わってくる。あの呪いの老婆とは対極の、穏やかで善良な気。そういう意味でも、これは善い品だ。

（反物の年季と奥さんの年齢が合わないから、これは奥さんがお母さんから譲られた反物だろうなぁ）

それならこれは、流れる、と怜一は判断した。いかに上等な結城にしろ、柄が古すぎる上に、その柄だって、奥さんの年齢では着るのが厳しい若い女性向けだ。持っていても仕方がないだろう。ということは、預かり期限が来ても奥さんはこれを引き取らないだろう。売る気で持ってきたのだ。

（うーん、流れてウチの品になったとして……染め替えて、レトロ風に仕立てれば売れるかもしれないけど、そこまで手をかけて元が取れるか……）

今は着物専門のリサイクルショップもあるし、偽物とは言わないが、結城ふうの安価なものならスーパーの中の着物店でも売っている。売れない時のことを考えて、買い叩きと思われるであろう安価を提示してみるか、それとも預かりは断るか。

（どうしようかなぁ～……）

うーん、と悩んで顔を上げた怜一は、奥さんの後ろで、おばあさんが、怜一に両手を合わせているのを見てしまった。そうしてそっと頭を下げるのだ。どうか娘のために、いくらかでも用立ててくださいということだろう。

（ああ、元はおばあさんの結城だものねぇ、大事にして、娘さんに送り渡して……、大切な思い出のある結城なのかもねぇ……）

それを生活のために質入れするのだ。おばあさんと、そして奥さんの気持ちはいかばかりだろう。

（うん、用立てよう。父さんは、人様のお役に立つのが商いの本道だって、いつも言っていたものね）

父親だって昔、価値などないに等しい鍋釜で千円を用立てたではないか。

怜一は微笑して、緊張している奥さんに言った。

「ウチでしたら六万でお預かりできますが、いかがなさいましょう?」

「六万円……、あの、ぜひ、ぜひお願いいたします……っ」

奥さんが頭を下げた後ろで、おばあさんがまた怜一に両手を合わせて、深く腰を折った。

二人が店を出たあと、まどかが言った。

「よかったのか？　いい品みたいだけども、八万で売れるかどうかだぞ」

「うん、いい。だってこれ、すごく幸せな感じがする反物なんだ。丁寧に大事にされてきたみたいだから、これを身につけた人を、きっと幸せな気持ちにしてくれると思うしね」

「ふぅん、なるほどね」

「それにまどかだって見てたでしょう？　あんなふうにおばあさんに頭を下げられたら、断れるものじゃないよ」

「……おばあさん？」

ふと、まどかが眉を寄せた。怜一は、そうだよ、と答えた。

「おばあさん、いたじゃない。奥さんのお母さんだと思うけど、銀鼠《ぎんねず》の袷に臙脂《えんじ》の総絞《そうしぼ》りの羽織を粋に着てたでしょ？」

「……」

まどかの顔が見る見るうちに強ばった。顔色もサアッと青ざめていくので、ようやく怜一もなにかがおかしいと気づいた。体ごとまどかに向いて、怜一は確認した。

「おばあさん、いたでしょ？」

「……いや。俺には見えなかった」

「……え？　まどかの正面にいたじゃない」

「見えなかった。俺に見えたのは、昭和の中頃っぽい奥さんだけだった」

「まさかぁ」

からかわないで、という具合に怜一が笑う。まどかは真剣な表情で言った。

「怜一。前から言っているけども、霊感があるのは怜一だけだ」

「嘘ぉ」

「……」

怜一はうふふと笑ったが、まどかは真剣な表情を崩さない。あれ？　と思った怜一は、首を傾げてまどかに言った。

「それは変だよ。だって僕はまどかがそばにいる時だけ、はっきりと妖しげなものが見えるんだから。まどかがいない時は、よっぽどすごいものでない限り、なんかいるなぁ、程度にしか見えないんだよ。それってまどかの特殊能力が僕に影響しているってことでしょう？」

「いや。もしそういうことなら、それは、俺がそばにいることで、怜一が安心するからだ」

「それは……、まどかがいるから大丈夫っていつも思うけど……」

「そうだろう？　大丈夫だと思って安心するから、ふだんは小出しにしている霊感パワーが全開になるんだ。何回も言うけども、俺は生まれてこのかた、妖しげなものは見たことがない。見えないんだ」

「……うわぁ、そうだったの」

今さら、本当に今さら、怜一は驚いた。ただし、おっとりと。

「僕はてっきり、まどかも見えているのかと思っていたよ。だっていつも妖しげなものを追い払ってくれるじゃない。見えてるから払ってるのかと思ってた」

「え……、え?」

「見えてなかったんだ、そうなんだ。うわぁ、あのおばあさん……、まいったなぁ、僕、幽霊を見てしまったよ、まどか」

「……みたいだな」

「向こう側が透けて見えるとか、足がないとかじゃなかったよ。本当にふつうにおばあさんがいるように見えたんだ。ケータイで写真撮ったら、写ったよ、絶対。それくらいちゃんとそこにいたんだから」

「やめなさい。そういう写真は撮るものじゃない」

「そりゃもちろん、黙って撮ったりはしないよ。そんな失礼なことはやらない」

怜一は生真面目な表情でそう言うので、まどかは思わず溜め息をこぼしてしまった。幽霊にも人権を適用するのは、やはり、天然ゆえのあさってを向いた思考回路のせいなのだろうと思った。

まどかはちらりと怜一が手にしている反物に目をやって、気味悪そうに言った。

「それにおばあさんが憑いているということだろう？　仕立てて売りに出すのは危ないと思う。裏の蔵へ収めよう」

「え、おばあさんは奥さんと一緒に帰ったじゃない」

怜一は相変わらずまどかにもおばあさんが見えていたふうに言った。

「反物自体にはよからぬものは憑いていないよ。とても幸せな雰囲気がある。おばあさんにも奥さんにも、すごく大切にされてきたんだろうなってわかるくらい、あったかさが伝わってくる」

「へぇ……」

「この反物で奥さんが当座の生活資金を手に入れられたようにさぁ、次にこれを手にする人にも、なにかいいことを運んでくれそうだよ、この反物は」

「そういうものかねぇ……」

まどかにはどうしても反物が不気味に思えるが、怜一が優しい表情で反物を撫でる姿を見て、ようやく肩の力を抜いた。

「ともかくこれに、おばあさんは憑いていないんだな？」

「うん。あのおばあさんは奥さんを見守るために、奥さんのそばにいるんじゃないかな。だから、反物じゃなくて奥さんに憑いてるっていうほうが正しくない？」

「それを聞いて安心した。おばあさんていうとどうしても、あの呪いの老婆を思いだしてしまうんだ。同じおばあさんでも全然違うな」

「だからカテゴリが違うんだよ。僕たちは人間、さっきのおばあさんは、幽霊…っていったら悪いよね、守護霊？　で、ネックレスのばあさんは悪い妖怪。あの祟りばあさんとさっきのおばあさんをいっしょくたにするのは、さっきのおばあさんにものすごく失礼だよ」

「ああ、そうか、そうか、うん、悪かった」

真摯にまどかの誤りを指摘する怜一がおかしくて可愛くて、まどかはクシャクシャと怜一の髪をかき回して微笑した。

「幸せな品ならいいんだ。ウチはいい品しか扱わない質屋だからな」

「そう。儲からなくて悪いけど」

ククク、と小鳥のように笑った怜一が、可愛らしい表情のまま、無邪気にまどかに言った。

「さっきから気になっているんだけど。まどかの後ろにものすごく恨みがましい影が憑いてるよ」

「え……っ」

「なんで気にしないんだろうと思ってたんだけど、まどかには見えていなかったんだねぇ」

「……」

まどかは一気に青ざめた。買取申込書や筆記具、社判、電卓などを入れて持ち歩いているクラッチバッグを開けると、若干、乱暴に宝石ポーチを取りだした。

「これ、これを、見てもらおうと思って…っ」

「うん？」

まどかに手渡されたものはブローチだった。カボションカットされた翡翠《ひすい》は、見るのも初めてというくらいに大きい。その翡翠の周りを、レースのように細工されたプラチナの枠が取り巻いていて、メレダイヤがたっぷりと散りばめられている。怜一は感嘆した。

「素晴らしいねぇ。こんなに透き通った若竹色、見たことないよ……」

大正か昭和のはじめ頃に流行したデザインだ。こんな最高級の翡翠を持てるのは、当時でもかなりの資産家だろうと思う。

「すごいねぇ、磨いてオークションに出したら、軽く二百、三百万は行くだろうねぇ。でもこれは駄目だよ、まどか」

「今度は呪いのじいさんか……？」

「あんなひどいのがそんなに何個もあったらたまらないよ」

怜一は苦笑をして答えた。

「ドライアイスの煙ってあるじゃない。あれの白じゃなくて黒。黒い煙みたいなものがモクモクと翡翠から湧いてるよ。それが全部僕にまとわりついてくるんだ」

「…っ!!　もういい、危ないからブローチ返しなさい」

まどかも人並みに妖しげなものを恐ろしく感じるが、自分の恐怖よりも怜一を守る気持ちのほうが強い。大事な可愛い怜一に、得体の知れないものをまとわりつかせているなんて、とんでもないことだ。怜一が、うん、と言ってまどかにブローチを返した。

「さっきまどかに影が憑いてるって言ったけど、この煙だったんだね。あ、まどかのほうに移っていった」

「ああ、くそ、くそっ。絶対に買い取らないぞっ」

「それがいいね。なんだか怨霊っぽいもの」

「――ッ!!」

まどかは冷や汗まで浮かべてブローチをバッグに入れると、さらにそのバッグを帳場の隅へ押しやって、なるべく自分たちから遠ざけた。

「くそ、こんなもの持ちこんで……っ。怪しいと思ったんだ、こっちと目を合わせようとしないし、身なりもこう……、まともな勤め人には見えなかった」

「なんて言って持ちこんだの？」

「知り合いの女性に頼まれて売りに来たと言っていたな。だけど、これほどの上物を持っているお宅なら、まずは出入りの宝石商にでも買取や下取りの話を持っていくはずだろう？」

「うん。しかもそんな見るからに怪しい風体の人には、売却の代理を頼まないものだよね」

「ああ。盗品だと思ったんだが、リストに載っていなくてさ。だけど必ずなにかあるはずだと思って、怜一に見せたんだ」

「なるほどねぇ。……じゃあ、ちょっと聞いてみようか」

「……聞く、って、おい怜一⁉」

なにをする気だ、と青ざめたまどかの前で、バッグを引き寄せた怜一は、まったく平気な顔で怨霊憑きのブローチを取りだすと、手のひらに載せた。

「手前は質屋を営んでいる葉山と申します。縁あってお宅様がウチに持ちこまれたんですが、この恨みの気持ちはどうしたことでしょうか？」

「……」

まどかは見開いた目で怜一を凝視した。自分には見えないが、ドライアイスの煙のように黒い怨霊が湧きだしているというブローチに、人を相手にしているように話しかけたのだ。取り憑かれたらどうするんだと恐怖するまどかの目前で、怜一は真剣な表情でうなずいていた。

「ええ……、ええ……、ははあ、なるほど、それは難儀《なんぎ》でしたねぇ……、いえいえ、手前は奥様をお預かりいたしませんので……、ええ、持ちこんできた男に返すつもりで……、はあ、一味でしょうねぇ……、ええ、祟るならぜひその男に……、はい、時期をお待ちくださいな、奥様」

怜一はそう言ってブローチにペコリと頭を下げると、宝石ポーチに丁寧に収納した。まどかのバッグには戻さずに帳場机に置いて、まどかに説明した。

「これ、盗品みたいだ」

「祟るとか、言っていたが……」

「ああ、うん、この奥様が持ち主だったらしいけど、四日前に、その、なんていうか……、頭蓋骨《ずがいこつ》を割られたらしい」

「……っ」

まどかは髪まで逆立ってしまったと思うほどゾッとした。思わず尻であとずさって帳場机から離れたところで、ガラッと出入口の引き戸が開いたものだから、危うく悲鳴をあげてしまうところだった。ポロシャツの襟元を握りしめて、はあはあと荒い呼吸をこぼして入口を見ると、引き戸から現われたのは私服の刑事だった。

「どうも、お邪魔しますよ」

「ああ、はい、お疲れ様です」

制服も着ていないのになぜ刑事だとわかるかといえば、ズボンのベルトからポケットへかけて警察手帳紐がダランと下がっているし、なにより質屋という職業柄、よく警察官や刑事がやってくるので、雰囲気でそれとわかる。警察手帳を開いて見せた刑事に、怜一は、あ、と思ってブローチを手に取った。

「ちょうどよかった。これ、今日持ちこまれた品なんですけどね。お役に立つんじゃないかと」

「盗品ですか」

「そうじゃないかと。そちらからいただいている品ぶれには載っていなかったんで、ここ最近に盗まれたものじゃないかなぁと思うんですよ。なにしろ持ちこんできた客の様子がおかしかったそうですから。このブローチです」

ポーチから出したブローチを刑事に見せたとたん、刑事の表情が一気に険しくなった。

「これ、今日持ちこまれたんですか」

「ええ。こちらの大番頭が相手をしました」

怜一に視線で促されたまどかは、代わって刑事に説明した。

「大番頭の折原です。こちらではなく、駅前のリサイクルショップのほうに持ちこんできたんです。開店してすぐでしたから、十時ちょっと過ぎですね。挙動がおかしかったので、査定に時間をいただくと言って一旦預かって、旦那に見ていただこうと思ってこちらに持ってきたところです」

「持ちこんだのは男？　女？　査定するって言ったんですね？　だったらそいつはまたお店へ来るってことですね？」

「男性でしたよ。ええ、午後の三時以降に来てくれと言っておきましたから、その時間になれば現われると思います」

「これ、こちらで預かってもいいですか」

刑事が、ポーチに入っているブローチを手に取った。怜一は、ええ、と答えた。

「どうぞ。やはりそれ、盗品ですか」

「ええそうです。このほかに探しているのは、これらの品です。持ちこまれていませんか」

「うーんと……」

コピーされたばかりなのか、トナーの匂いのする品ぶれを手に取って読んだ怜一は、いいえ、と答えた。

「今のところウチに持ちこまれたのは、そのブローチだけですねぇ。このリストを見る限り、素晴らしい品ばかりですけど、空き巣ですか」

「いいえ。強盗殺人でね」

「ああ」

知ってはいたが、やっぱりそうか、と怜一は思った。ブローチに憑いている奥様の怨霊が、いかに無残に殺されたのか、事細かに怜一に語ってくれたからだ。犯人が何人で、どんなことをどうやったのか、被害者の奥様から直《じか》に聞いているので教えてあげたいところだが、そうもいかない。怜一は、奥様、頑張って犯人を祟って、と心の中で応援するに止めた。刑事はブローチをショルダーバッグにしまうと、怜一とまどかを交互に見ながら言った。

「三時でしたね。お店で待たせてもらっても、いいでしょうか」

「ええ、どうぞ。今から食事なものですから、二時くらいでいかがでしょうか。お店わかりますか、駅前の葉山ビルの一階にある『ウィステリア』って店です。この大番頭がいますから、声をかけてください」

「駅前の葉山ビル一階、『ウィステリア』ですね。では十四時にお店に伺います。折原さんでしたね。よろしくお願いします」

刑事は怜一たちに目礼すると、店を出ていった。とたんに母屋に小走りで戻っていったまどかが、塩を持って表から入ってきた。店内にも玄関先にも塩を撒いて、清めのようなことをする。その真剣な姿を帳場からのんびりと眺めながら、怜一はおっとりと言った。

「よかったねぇ、警察の助けになれて。ブローチの奥様も、店に一味の男が戻ってきたら、迷わず取り憑くとおっしゃっていたし」

「そんなこと言ってたのか……」

「末代まで祟るってさ。最初は僕のことを祟るとおっしゃったから、一味の男がまた来るから、そちらへと言ったんだよ。それが筋だもの。ねぇ？」

「まあ、な……」

「とにかく、人様のお役に立ててよかった。次はたぶん、伊作さんのことを聞きに刑事さんが来るだろうから、その時にもお役に立てるといいね。人様のお役に立ってこその質屋だものね」

「そうだな……ハハ……」

たおやかにほほえむ怜一に、まどかは引きつった顔で空笑いを返した。伊作のことで刑事がやってくる事態とはどういうことなのか、絶対に聞かないぞと思いながら。

あとがき

わーい、こんにちは花川戸《はなかわど》菖蒲《あやめ》です。
リリ文庫では三年ぶりの新作となります。今回もまたぎゅうぎゅう詰めです……。キャラクターに愛があるとどうしても長くなってしまいます。

さて今回は、創業百年、老舗質屋の若旦那・怜一《れいいち》と、その怜一と子供の頃からずっと一緒に育ってきた大番頭・まどかのお話です。怜一は妖しげなものが見えてしまう霊感若旦那です。

身内の不幸により、怜一は突然実家の質屋を継ぐことになります。大学を出てすぐに修業に出ていたので、葬儀も、お店の切り盛りも、まったく勝手がわからなくて、すべて大番頭のまどかを頼ることになります。古い商家ですから遺産もあり、当然親戚と悶着があります。小さな頃から怜一を守ることを第一に考えてきたまどかは、親戚にとって目の上のタンコブ。あれやこれやとまどかに嫌みを言って、家から追いだそうとする親戚に、怜一はうんざり。

一方仕事の関係では、アルバイトとして働いている元大番頭をまどかが毛嫌いしていることから、うまく関係の調整ができなくて頭を悩ませる怜一です。

怜一はまどかが自分に恋愛感情を抱いていることなどとっくに知っていますが、兄弟として過ごしてきた日々もあり、手を出してこられないまどかの心情も理解しています。まどかがそれでいいならいい、と思っていた怜一ですが、ふとこぼしたまどかの言葉から、まどかが自分から離れようとしていることを察して……。

可愛かったり不気味だったりする妖しげなものが出てきますが、一番妖しいのは怜一かもしれないと思ってみたり。質屋舞台で、妖しげなものが見えてしまう若旦那、というキャラが書きたくて書きたくて、ずっとそわそわしていたので、今回書けて嬉しかったです。

イラストをつけてくださった一夜人見《ひとよひとみ》先生、ありがとうございました。和風の雰囲気でとおっしゃっていただいて、そうそうガチ和風でいきたいんですっ、と思っていたのでとても嬉しいです!!　カラーを見せていただいた時に、コレダーッ!!　と思ってトントンと床を踏んでしまいました!!　美形カップル、ありがとうございます!!

担当の江川編集長、毎度ご迷惑をおかけして申し訳ありません……。でもすっごく楽しく書けたので許してください。きっと皆様も楽しんでくれる……はず……。

最後にここまで読んでくださったあなたへ。今回もわりとわたくしの趣味が爆発したお話なんですが、楽しんでいただけたでしょうか?　楽しいと書くのが止まらなくなってしまうので、馬鹿みたいに長くなってしまいました。座敷童なんか出してみたいなぁと思ったり、まどか覚醒とかも楽しそう、など妄想が尽きません。もう怜一が可愛くて可愛くて……。めずらしく攻めのまどかも気に入っています。相補う部分がうまく噛み合っているというか、バランスのいいカップルという気がします。どうかな？　あなたにも二人を好きになっていただければ嬉しいなぁ。……ところでさっきから気になっているのですが、そこのぬいぐるみ、笑っていませんか？

花川戸菖蒲

二〇一四年六月

LiLiK Label

この本を読んでのご意見、ご感想などをお寄せください。
花川戸菖蒲先生、一夜人見先生へのお便りもお待ちしております。
〒162-0814 東京都新宿区新小川町 8-7
株式会社大誠社　LiLiK 文庫編集部気付

大誠社リリ文庫
きみは可愛い王子様 若旦那の恋のお作法

2014年7月31日　初版発行

著者　花川戸菖蒲
発行人　柏木浩樹
発行元　株式会社大誠社
〒162-0813　東京都新宿区東五軒町5-6
電話03-5225-9627（営業）
印刷所　株式会社 誠晃印刷

ISBN　978-4-86518-025-1　C0193

そなたは私が
大事に育ててあげる
皇太子殿下の寵愛レッスン
失われた侯爵令嬢は恋を知る
俺様皇太子×男装侯爵令嬢の
スイート♥ラブロマンス
著者・花川戸菖蒲
イラスト・すがはらりょう
Prière Label
プリエール文庫
定価¥600（本体¥571）